日本经典文库

牧神的午后

〔日〕北杜夫——著

曹艺——译

人民文学出版社

著作权合同登记：图字 01-2017-9256 号

"HYAKUGAFU", "BOKUSHIN NO GOGO", "KYÔSHI", "TAMESUKEOJI", "MOGURA",
"IJIWARU JÎSAN" and "TAIGA SHÔSETSU" by Morio KITA
Originally published in Japan in 1976，1977 under the title "KITA MORIO ZENSHÛ"
by SHINCHOSHA
Publishing Co., Ltd.
Copyright © Kimiko SAITO
Simplified Chinese translation rights arranged with Kimiko SAITO
through Japan Foreign-Rights Centre/Bardon-Chinese Media Agency

图书在版编目(CIP)数据

牧神的午后/(日)北杜夫著；曹艺译.—北京：
人民文学出版社，2018
（日本经典文库）
ISBN 978-7-02-013709-1

Ⅰ.①牧… Ⅱ.①北…②曹… Ⅲ.①短篇小说-小
说集-日本-现代 Ⅳ.①I313.45

中国版本图书馆 CIP 数据核字(2018)第 013052 号

责任编辑　甘　慧　王皎娇
封面设计　高静芳

出版发行　人民文学出版社
社　　址　北京市朝内大街 166 号
邮政编码　100705
网　　址　http://www.rw-cn.com

印　　制　上海利丰雅高印刷有限公司
经　　销　全国新华书店等

字　　数　135 千字
开　　本　850×1168 毫米　1/32
印　　张　6.75
版　　次　2018 年 7 月北京第 1 版
印　　次　2018 年 7 月第 1 次印刷

书　　号　978-7-02-013709-1
定　　价　39.00 元

如有印装质量问题，请与本社图书销售中心调换。电话：010-65233595

目 录

001	百蛾谱
009	牧神的午后
033	狂诗
079	为助叔叔
119	鼹鼠
175	刁蛮爷爷
183	大河小说
206	译后记

百蛾谱

生病卧床的第三天，男孩低声问道："什么时候能吃上梅干呢？"他的饮食全由母亲料理，淡而无味。母亲有意避开儿子的目光，用若无其事的口吻说道："梅干呀，再过十天吧。"男孩默默地点头，目光转向天花板上的木材纹理，眼神黯淡迷离。

自幼体弱的男孩对疾病亲切有加。他喜欢体温表那上下起伏如闪电的红色折线，喜欢透心凉的冰袋，喜欢枕边药瓶里淡黄色的药水。就连由发烧催生的倦怠感、隐隐作痛的躯体，甚至病房中特有的潮湿气味，他都喜欢。当然还有食物。为什么一旦生病，平时不受他待见的梅干，都变得如此鲜艳美丽？——男孩把大颗梅干轻轻搁在白白的稀粥上，看一轮让人心疼的姣丽红色在表面洇开。只要一发烧，我就能体验这个不可思议的秘密。这次不同了，我都觉得自己生了大病，再看爸妈和大夫的神色，就知道不是感冒之类的小病小灾。怎么不给我吃梅干呢？男孩以为生了病就得吃梅干。眼下，既看不到梅干的血红颜色，又尝不到那让人皱眉闭眼缩脖子的酸味，心里空落落的。他不知道自己患了急性肾炎。大夫叮嘱过他的父母，不能给他吃刺激性的食物和蛋白质。很奇怪，那位大夫浑身雪花膏的气味，而脸长得像海豹。

十天过去，男孩还是没吃上梅干。别说十天了，半个月过去，一个月过去，男孩的伙食依旧是没咸没淡的东西。有一种专供肾病患者食用的无盐酱油，一股古怪的药味。男孩没发一句牢骚，咽下平淡的食物，便乖乖地躺下。时光流逝，一日复一日，单调而平缓，没有痛苦，没有热度。男孩把天花板上的木纹数了一遍又一遍，看着隔扇门上阳光游弋，渴望尝一口梅干的酸味——对此断了念想之后，男孩向往斑斓夺目的色彩了。暑假，那时自己挺健康的，学校布置了采集昆虫的作业。采集来的昆虫里，有浑身黑色、体型很大的凤蝶，有琉璃色的蚬蝶，还有长着红色下翅的天蛾。疾病，让男孩的心深深沉沉，翅膀的形状、鳞粉的闪亮光泽，都美得不似这世间之物。他赶忙让母亲取出标本盒子，仰面躺着，双手捧住标本盒，透过冰冷的玻璃盖板看盒内的藏品。然而他失望了，巨大的心灰意冷。盒子里，蝴蝶也好，蛾子也罢，都发了霉，或被虫子侵蚀，让人心寒。触角或折断，翅膀或歪斜。太惨了。都怪我，没放驱虫剂。男孩哭丧着脸。我要再去采集一次，做一盒漂漂亮亮的标本。紧接着转念一想，现在是冬天吧？才十二月？再说我还起不来呢。想到这里，男孩抬眼望着天花板，视线因泪水而模糊。天花板上，早已了然于胸的木头纹理，正勾勒出陈腐的图案。

一天，男孩的心情很好。大夫告诉他，小便里蛋白大大减少，能吃些鱼类和瘦肉了，还可以稍稍坐起身来。开心事不止一件，父亲给他买来一本美丽的书《昆虫图谱》。男孩用他那白皙纤细、微微颤抖的手指翻着书页，一边吸入沁人心脾的墨香，心情激动，只因图谱上各种珍奇的昆虫形姿。他看得入神，昆虫的日本名下面横写着学名——乌鸦凤蝶。这种金灿灿的凤蝶，原来叫乌鸦凤蝶呀。乌鸦凤蝶是它在日本的名字，那么，它的学名呢？帕皮里奥·皮亚诺·加波尼卡，多么庄重，多么尊贵，多么高高在上！帕皮里奥……不是有帕皮里奥雪花膏吗？给我看病的大夫，身上总有雪花膏的气味。对了，为什么那位大夫长得像海豹呢？《昆虫图谱》男孩看了一遍又一遍，几乎要把每一页记住：这只大得离谱的甲虫叫长臂金龟，产于台湾岛，不是说去采集就能去的。这只让人联想到妖精的蝴蝶叫浅黄斑蝶，日本本土就有，多美的蝴蝶啊，运气好逮到它，能让我乐得不停打嗝吧……其实男孩更喜欢蛾子。疾病，让男孩的心变阴沉了。相比蝴蝶，蛾子更压抑、更沉郁、更深不可测，这反倒牵惹着男孩。《昆虫图谱》卷末的附录里，有昆虫的采集方法。其中一种叫"灯火采集法"的，在树林里展开一块大白布，点燃一盏明晃晃的乙炔灯，就会引来成百只蛾子，它们或停留在白布上，或在灯火四周飞舞。我趁机挥动捕虫网兜，蛾群四散而去，鳞粉反射灯光，毒壶里，蛾子越积越多，直到装满……男孩幻想着，仿佛遥望远方的目光饱含热意，熠熠生辉。

父亲把烟蒂戳进火盆的灰烬里，目光挪到男孩的脸上。睡熟了？男孩双目紧闭，睫毛尖儿微微颤抖，扭在一边的嘴唇间，不规则的气息进进出出，令见者生怜。眼睛下方的凹陷因病显得憔悴，该不会是发烧了吧？父亲把手轻轻搁在男孩的额头上，挺烫手。以往不是好好的嘛，今天怎么……不过看他睡得挺好，应该没什么大碍，再说大夫今天会来。父亲下意识地摩挲火盆的边缘，任由思绪蔓延。这孩子最近变了，多么天真的眼神，时常盯着远处，仿佛在探视着什么。再说这本《昆虫图谱》，摊开在儿子枕边的这本书。儿子以前有那么入迷过吗？是不是疾病具有把人的心灵引领进精神世界深处的作用呢？父亲的视线缓缓地从炭火移到腕表上，又望了望窗外，不禁咋舌。雪。灰暗的天空细雪飘洒。到出门时间了，还要开会。这就出门了呀。拿着火铲走进房间的母亲赶忙去取父亲的外套，父亲不紧不慢地对背朝他的母亲说道："孩子发烧呢，留心点。"

周遭一片朦胧。这是雾吗？男孩环顾四周，睡眼惺忪。树干被苔藓裹得严严实实的老树伫立在黑暗中。不知何时，男孩身处树林中，宁静沉寂的夜。我怎么来这儿了？迷路了？猛然回神，眼前一块硕大的白布，显然是灯火采集法的工具。男孩心跳加速，乙炔灯呢？不出所料，已然准备妥当。乙炔灯紧挨着白布，男孩毫不犹豫地点燃乙炔灯，亮如白昼，逼退四周黑暗。苍老的树肌，曲折的枝干，从黑暗中浮现，阴森如鬼魅。男孩坐了良久，仿佛受了惊吓。接下来会发生什么事呢？突然，低沉的振翅声传入耳鼓，黑影掠过光幕，发了狂似的打着旋，白布轻轻摇晃起来——一只不知名的蛾子停在白布上了，男孩定睛注视，心头小鹿乱撞。不出所料！身体肥圆、翅膀尖尖的硕大蛾子，正一动不动地停在眼前那明晃晃的白布上呢。安静！别出声！什么品种？男孩懂的，是天蛾。《昆虫图谱》的第二十二幅插图就是它。一条色泽鲜嫩的绿色线条纵贯它的背部，腹部是娇艳的黄色，瞧它那双发出暗淡光泽的复眼，肯定在窥探我的动静。安静！别出声！下一步该怎么办？拿出网兜来吧？还是放倒毒壶？正犹豫，又飞来一只美丽的蛾子，翩翩飞舞于乙炔灯四周。什么品种？这我也知道。白灯蛾，百分之百是。纯白的翅膀，点缀于腹部的红色纹路，卓尔不群的优雅。我看了多少次白灯蛾的图片，叹了多少口气啊。哎呀，又一只来了，是尺蠖蛾，一定是那种叫"直脉青尺蛾"的……没过多久，男孩的思考能力就被完全剥夺了。无数蛾子向他飞来。天蛾、毒蛾、枯叶蛾、天蚕蛾、尺蛾、灯蛾、螟蛾——所有的蛾子围绕灯火飞舞，绚烂夺目，大饱眼福。蓝色的蛾，黄色的蛾，红色的蛾，还有透明的蛾子——精疲力竭的它们落在白布上，让纹路奇特的翅膀得到放松。它们小小的复眼燃起来了！像红珠子，像绿珠子，金色的，银色的，齐齐注视男孩，美得让人心里发毛。酩酊的感觉蔓延开来，男孩头昏目眩。他浑身颤抖着，而肢体不能运动，仿佛遭人五花大绑，随时可能昏厥过去——目光却始终被眼前所见牢牢牵拉住，出神入迷。疾病赋予男孩以透视的能力，让他视野开阔，使他目光深邃。蛾子们耀目的鳞粉流淌过男孩稚嫩的心灵，摩挲它，戏弄它，无休无止。男孩精殚力竭，气喘吁吁，他的眼眸却洞悉了一切。不经意间，夜蛾的群体发生骚动，愈演愈烈，翅膀卷起漩涡，光和色彩四散飞溅，将男孩包裹起来，男孩被迫闭上眼睛，脑袋突然耷拉下来。神志模糊，朦胧间，他还能感觉到周身尚有无数夜蛾振翅飞舞。一个念头掠过，我快要死了吧，和这些蛾子一起死。

　　……男孩苏醒了。难道是梦？果然，现在还是冬天，窗外的雪纷纷扬扬。天花板上，依旧是那熟悉的暗淡木纹。醒了呀？刚才做噩梦了吧？耳边传来母亲的低吟，她来接男孩的小便。烧退了。母亲的手搁在额头上，男孩撒娇似的皱起眉头，满脸疲惫。我这不是好好的嘛。母亲的体贴让他害羞。不经意间，大概是一个愿望实现了吧，另一个淡出脑海的愿望突然格外强烈。男孩直直望着母亲的脸，兴冲冲地问道："什么时候才能吃梅干？""梅干呀，再过十天吧。"母亲脱口而出，马上意识到自己失言了。男孩也后悔了，不该这么问。"今天大夫要来的吧？"男孩转移了话题。浑身雪花膏味的大夫要是允许我吃些别的该有多好。对了，为什么大夫的脸，长得那么像海豹呢？

牧神的午后

I

牧神潘睁开了眼睛。

究竟睡了多久？仿佛只是小睡了一会儿，又像是人事不省，蒙头大睡了两三日。潘缓缓起身，尽情地伸了个懒腰，揉着惺忪的双目，看了看四周。

最先跃入眼帘的，是那久违了的植物绿。目光随后触及一线清洌的泉水，在世外桃源阿卡迪亚（Arkadia），这种泉水很常见，是悄然渗出地表的地下水，在地面嬉戏一阵后，不知又会隐没在何处。这儿是树林中的一小片开阔地带，潘躺在地带中央，一棵枝繁叶茂的橄榄树下。

潘抬眼仰望。耀眼的阳光欢跃于橄榄叶上，叶片仿佛一片青花瓷，反射出银绿色的光辉，光线又透过枝叶间的缝隙，照射在潘身上，形成斑驳的光斑。天空澄静透彻，一望无垠，太阳神希路士（Helios）驾驭的神圣火之车翱翔于天际。

现在是中午吗？

无风。

闪亮的微粒充盈于大气，万物灿灿。空气凝固了，一丝风也没有，万籁俱寂的阿卡迪亚正午时分。树叶凋垂，丛生的羊齿类植物纹丝不动，就连泉水都屏住了呼吸，停住了咕哝轻响。

潘深深地吸了一口气，游移的森林气息融入方醒时的慵懒心境,唤回犹未散尽的梦。潘拾起掉落在脚边的芦笛,静静端到嘴边。

他仍旧睡眼迷蒙,种种幻影隐约浮现在脑海里,淡进,淡出……不知不觉地,轻微的旋律开始响起,不是歌声,而是低语的旋律、稍纵即逝的魅影。笛声渐渐高亢,轻轻拂过草木、水面,愈远愈低……那是树灵回声的反复?缪斯(Mousai)唇边的低吟?还是轻柔地和着芦笛声摇曳着消融的旋律?抑或是阿卡迪亚森林的呼吸?

微风起,应和笛声吗?树叶微颤,喧嚷波及开去,林中树木不约而同地招摇起来。泉水潺潺,草丛中沉睡的昆虫振翅,空气共鸣……笛声愈发高亢。光影斑驳之间,银灰色的旋律流淌蔓延,酿出一幕幕多彩的幻景。那是水的精灵吗?雪白通透的裸体沐浴于秀木后,若隐若现。莫非是美神维纳斯的姿态?迷人而朦胧飘忽的乳白色,模糊且难以捉摸的欢乐,亦结亦解,若即若离。优美的旋律缭绕不绝,不久便达到最高潮……不知不觉间,女神的幻影已然消逝,笛声倦怠,时断时续的终曲后掐断了最后一丝声气。

潘依然沉醉于幻影中。这个半兽神,丑陋的男子——长须,额头长角,长着山羊的蹄子和尾巴——没身于香草的芬芳中,磐石般久久不动。现实?梦境?钩鼻、多毛的神不可能区别,也不想区别。莫非一切都是梦?

潘从冥想中脱身,移开搁在嘴边的笛子,抬起头来疑惑地望着前方。

微暗的树林深处,有人拨开草丛,朝这边走过来。那人头戴怪异的褪色帽子,身披脏兮兮的公山羊皮斗篷,且肥胖无比，浑身上下无一处瘦肉，走起路来气喘吁吁。闪亮登场谈不上，但此人正是大名鼎鼎的迈达斯王（Midas）。

佛里吉亚（Phrygia）——小亚细亚西海岸的繁荣国度，出产大理石和黄金，绝大部分国土是不毛的岩石山，山谷中却盛产葡萄。迈达斯正是那儿的君主，他在正统神话中的形象被后世饶舌的诗人们歪曲，把他演绎得高大伟岸。关于迈达斯王有这样一个故事：

迈达斯王喜好黄金，狂热地爱好黄金。他只要听到黄金相碰的声音，心中便幸福漫溢；他凝神欣赏着黄金厚重的光泽，眼神痴痴傻傻，目光灼热，心地纯真而善良。酒神巴克斯（Bacchus）赋予他点金的能力——所触之物皆成黄金，迈达斯王的喜悦超乎想象：飞奔至果园，捡起地上的石头，石头变成了金子；要从树上摘下苹果，堪比赫斯珀里得斯花园中神果的金苹果赫然出现于枝头。迈达斯王辗转快跑于广大庭院，将其中的玫瑰花一朵不剩地点化成黄金。就餐时间，面包在迈达斯王的手指接触到它的瞬间重量剧增，并且硬得难以咀嚼。酒亦不能下喉。甚至他的爱女都化成了一尊黄金立像。迈达斯王在狼狈与绝望中向巴克斯祈祷，请神灵把他从这场黄金带来的灾难中拯救出来。用帕克托洛斯河（Pactolus）之水沐浴后，他终于从一番自作自受中解脱出来。此后迈达斯王豹变，对黄金恨之入骨。一如他当初受黄金魅惑不能自拔，如今的他一门心思地憎恨一切财富，成为森林之神——潘的崇拜者。他甚至逃离宫殿，不远万里来到阿卡迪亚侍奉潘。

憨直的迈达斯王形影相随，事事模仿潘。他舍弃珠光宝气的皇袍，换上潘披盖的山羊皮斗篷；他扔掉镶嵌有宝石的皇冠，想模仿潘的头饰，然而潘头上没戴任何东西，无奈之下迈达斯王发明出一件朴素得不能再朴素的帽子，形似松塔，精选碎布片缝制而成，其破败肮脏可谓天下无双。除了模仿潘的外形，迈达斯王也模仿潘的一举一动。潘有一个癖好：在寂静的深夜，朝过路的牧人发出腥臭的气息或者毛骨悚然的怪响，以此取乐，以至于居民们把不明原因的恐怖感称为"牧神之恐怖"。不知天高地厚的迈达斯王照样虔诚地模仿。某夜，迈达斯王在森林中偶遇亚加亚族（Achaea）的威猛青年，心中一阵狂喜，躲在草丛后发出痴呆无比的低吼。谁知青年丝毫不为所动，反而认定草丛中有野兽，捡起一块拳头大小的石头循声掷去——可怜的迈达斯王，石头在他的额头上砸出一个大包。傻事可再举一例。某日，迈达斯王兴冲冲地闯进潘的洞穴欢闹："打搅了！打搅了！我现在体壮如牛，身心舒畅，充满活力，做皇帝果然无聊透顶，现在天作被地当床，感觉像是脱胎换骨一般。"说话时满脸堆笑，五官拥挤在一起。接着，迈达斯王打算一展其活力，猛然一个竖蜻蜓，哪知用力过猛，将潘心爱的三脚凳压了个稀巴烂。

迈达斯王不久来到潘身边，摊开双臂，郑重其事地行了一个大礼，而后深吸一大口气，酝酿了一阵，感慨万千似的开口说话。

"咳呀呀，原来您在这儿。找得我好苦。早上去您的洞穴看了看，炉火熄灭，您不在。我没辙了，能在这里见到您，再好不过了。您刚刚在调试笛子吧？我在森林里听到笛声了，动听之极。也难怪，今天是大比的日子。"

迈达斯王用一口气说完这些话，擦了擦额头的汗水。他脱下不洁的帽子，让脑袋吹吹风——一头日见稀疏的红发暴露于光天化日之下。他在潘身旁坐下。

额头宽阔，胡子张扬，伟岸的大鼻子仿佛人造之物般不真实——迈达斯王的尊容中依稀可见王者风范。然而脸上嵌着的那一对小而圆的铜铃眼，使得迈达斯王的王者形象大打折扣，而且说话时眨巴个不停，慌乱不镇定。他的脸胖而鼓，堆满脂肪，远望可爱极了，他越严肃认真，那张脸便越是引人发笑。

"您正忙着练习呐……"

迈达斯王见潘一语不发，便自言自语起来，且频频点头，用力地挠着与身形极不相称的大脑袋。潘看着迈达斯王正直诚实的小眼睛，一脸迷惑。

"我忙着练习？大比？怎么回事？"

迈达斯王顿时显出惊异的神色，一脸的认真劲难以用言语描述。他眨巴着眼睛，看得出他在怀疑自己的耳朵，突然，他激动起来，急吼吼地说道："什么怎么回事，您别逗我了。您不知道今天的比试吗？太……太离谱了！您这么说让人……哎呀，太离谱了！"

迈达斯王章法失尽，他想尽快把事情说清楚，然而舌头打了结。他伸出舌头舔了舔嘴角的唾沫星子，努力让自己恢复平静。

"今天是您跟阿波罗神比试音乐的日子。您看您都忘了，当初还是您提出要比试的呢。"

"我跟阿波罗比试音乐?我说过吗?"

"天呐地呐,让我说什么好呢?我都要哭了。还有啊,我被推选当裁判了,敝人不才……"说到"裁判"这个词时,他的声音尤其舒缓、甜润。

事情是这样的。有一天潘奏笛,迈达斯王极言赞美,潘说了一句玩笑话:"要不跟阿波罗比试比试?"——这便是一切谬误之始。迈达斯王马上当真,兴奋得几乎失去理智。潘的挑战一传十、十传百(迈达斯王说到其中过程时,频繁地挥动双臂),消息传到了阿波罗耳中,他当即同意应战。可爱又可恨的迈达斯王,他一想到潘和阿波罗的比赛,心中波澜万丈,激动不已,奔走呼告于阿卡迪亚的每一个角落,并且自告奋勇担任裁判一职。今天就是约好比赛的日子。

潘皱眉:"这事你跟我说过了?"

"当然说过咯!您别开玩笑了,竟然忘了,惨了惨了……我当时向您禀报过了呀。"

迈达斯王语藏愠怒,不过看来他自己也有些吃不准了。为了掩饰困窘,他迅速起身,咄咄逼人地催促起潘来。

"马上就到时间了。您没空优哉游哉了,赶快去指定的地方比赛吧,我好歹是个裁判,迟到了可不像话。"

潘微微浮肿略显倦怠的眼睛中闪过一丝苦笑:真拿他没辙了,这个大冒失鬼。迈达斯王擅作主张,潘却无法发火,这个浑身冒着傻气的国王身上有一种让人恨不起来的气质,况且他站在自己这边,一个劲为自己加油鼓劲。断然回绝他,潘不忍心。

可是,潘的对手不是别人,而是阿波罗!潘领略过阿波罗的音乐，清楚地知道自己跟阿波罗之间的差距——那是个冷静而全能的艺术家，通晓形式、区划和具象，把认识和创造精确地分离开来。自己呢？区区一介音乐爱好者罢了，不以天分为痛苦。比试？简直让人笑掉大牙。要不要主动沦为人和神的笑料？这些倒也无关痛痒，不过是一场闹剧，一种忙碌之后的休息和阿卡迪亚生灵们付诸一笑的谈资罢了，权当逗这个憨直肥胖的国王开心吧，也许这才是最适合自己性格的做法。

潘缓慢起身，展开昨晚当枕头的公羊皮披风。

"要不我就跟他比试比试？"他回答得轻描淡写。

迈达斯王听了欣喜若狂。他迅速戴上破败的帽子，肥胖的脸上浮现出欢快的笑容，情绪激昂，声音高亢。

"阿波罗不是您的对手。但您千万不能轻敌。"

迈达斯王意识到自己说了句怪话，急忙捋了两三次胡子，咂了咂嘴，没头没脑地补上一句："祝您大胜！"

II

两人走在树林中。迈达斯王走在前面，拨开杂草为潘开路，潘紧随其后，小路上留下了他那山羊蹄形的脚印。

阿卡迪亚美丽的森林——树影斑驳，草木茂盛，蔓草缠绕树干，金桃花枝叶所及之处的清泉边，不知名的鸟儿梳理着羽毛，巨大的鬼羊齿叶下藏着几只蜥蜴，被足音惊扰，钻进落叶下边去了，七彩的皮肤在阳光照耀下熠熠生辉。

毒堇烂熟，芦荟伸展着它那宽阔的、带有锯齿的叶子，上头有小甲虫玩耍嬉戏。美丽而深邃的阿卡迪亚森林——空气中荡漾着清新的气息和难以名状的慵懒，数个精灵沉湎其中，睡眼惺忪：树精灵多利雅丝（Doriath）、山精灵奥利雅丝（Orieus）、水精灵奈雅丝（Naias）……除了偶尔传来啄木鸟啄树干的声音、蜜蜂的振翅声、枝叶轻微的低语之外，树林中没有任何其他的声响，一片沉寂。迈达斯王和潘各怀心事，在林间小路上走了好久。

两人走到了森林尽头。岩山巍然耸立，沙砾小道蜿蜒，干燥而肃杀，风景完全与森林迥异。小草艰难地从岩石的缝隙间挤出芽儿。山丘低矮，岩肌焦黑，隐约有松柏顽强生长的身影。再远处，灰白色的岩山上竟有无数孔穴，如蜂巢一般。明亮耀眼的晴空下，灰色、淡褐色的岩山干燥、凝重。暑气蒸腾，迈达斯王不时擦拭额头上的汗水，指向一处，回过头对随后而来的潘说道:"就是那里。"

朝迈达斯王所指的方向望去,眼前的情形大大出乎潘的意料:阿卡迪亚诸神、精灵、为神眷顾的人子……大群的人和神等待着潘的到来,这要归功于迈达斯王不遗余力的宣传。几羽苍鹰和大乌鸦盘旋于天空,迈达斯王见之不禁蹙眉——那是阿波罗神的圣鸟。

阿波罗当日穿着一袭紫色外袍,后摆拖曳及地,头戴帕纳塞斯山的月桂树枝,微风轻拂他金色的鬈发。他的美貌为诗人歌颂,他的肌肤放射出青春的光辉,他脱离雅典娜的母体后未曾吸食母乳,滋养他的是神酒和美果,使他青春永驻。潘近前,阿波罗笑脸相迎,好一副俊秀的面容!同时也是一张拒人于千里之外的脸,冷峻的美中夹带着一种妖气。

两人相互致意,阿波罗以清亮的嗓音说道:"至于裁判一职,我想请托尔摩斯(Tormos)来担任。"

说着,阿波罗抬手指向山神托尔摩斯。托尔摩斯是个身材魁梧的老人,看他的脸需要仰视。粗看,他似乎身穿树枝编成的衣服,细看,原来他浑身长满了各类植物,藤蔓和他的灰发相互缠绕,瘦骨嶙峋的手上长着青苔。

"敝人不才……"山神眯起和善的老眼,用喑哑低沉的嗓音缓慢地陈述着,听上去仿佛是风吹过洞穴的声音。

潘伸出手来应道:"您愿意担任裁判,自然再好不过了。"

有人慌了神——头戴松果形帽子的迈达斯王。他神经质地眨巴着那双眼窝深陷的铜铃眼,脸颊上的肥肉不由自主地抽搐起来。呼出一股粗重的鼻息后,迈达斯王环顾四周,嚷嚷起来:"这是怎么回事?怎么会这样。裁判?裁判不早就定下来了吗？在下就是裁判！别逗我了，天呐地呐，你们可真会开玩笑。"

迈达斯王说完，周围鸦雀无声，人和神惊讶于迈达斯王的言行。不一会儿，大家悄悄地议论开了。

"哪来的肥仔？"

"巴克斯捉弄的那个……"

"那家伙的帽子真脏。"

"还说要当裁判呢。"

"看他的耳朵，耳屎都把耳朵眼堵严实了。"

"会不会是疯子？"

对迈达斯王的非议不绝于耳，他一时间没了主意，只顾着眨巴眼睛。

"其实是这么回事。"他支支吾吾地辩解起来——迈达斯王愚钝的头脑终于明白了舆论，立刻改变口风。以他的能耐，这个转变可谓相当巧妙精到，简直让人不由为之拍手叫好。

迈达斯王硬是挤出一副灿烂的笑脸：

"托尔摩斯神担任裁判，我没有任何异议。除了他，还有谁能担此重任呢？托尔摩斯是裁判的最佳人选，舍他其谁？对吧。在下不才，在此担任副裁判一职。正裁判、副裁判相得益彰，让本次极具纪念意义的比赛更加盛大精彩！这样再好不过了，是件普天同庆的大好事呀！"

四下响起窃笑声，潘都觉得难为情起来，不安地甩动着他的山羊尾巴。缪斯女神中的埃拉托（Erato）得体地用手捂住了嘴，笑得肩膀颤抖。

迈达斯王丝毫不以为意："那么，比赛现在开始！诸位意下如何？"那架势，仿佛他才是今天的核心人物。他回过头瞧了托尔摩斯一眼。

"请两位奏乐！"

托尔摩斯宣布比赛开始，他用手拨开生长于耳旁的常春藤，生怕听漏了一个音符，接着皱起眉头，那张长满青苔、皱纹密布的老脸上露出困惑的表情：究竟先让哪位献技呢？

这时潘上前来。他脱下披风，擦了擦笛子，搁到嘴边。迈达斯王跟其他听众一样，在脚边的石头上坐下，挤眉弄眼，不时用一只手抚摸下巴。在迈达斯王看来，潘的举动过于轻率，他应该摆摆架子要要大牌的。为了弥补潘登场时威风不足，迈达斯王用他极威严的腔调说道："诸位！请洗耳恭听！"

仿佛听众不存在似的，潘很随意地开始了演奏——粗犷、唐突、热情奔放的曲调恣意铺陈开来，甚至有些马虎、散漫，但潘的技巧足以掩饰这些不足。宽广的音域充满情趣，跌宕起伏，变化万端，渐强至高峰，渐弱至低谷。听众无不屏息吞声，潘自顾自吹奏，浑然忘我，耽于快乐而喜不自禁，沉于欢愉而难以自拔。曲调之华美让他自我陶醉，一发而不可收，时而轻松雀跃，时而奔腾驰骋，时而欢呼齐涌。吹至颤音时，潘的毛发竟然纠缠在他的犄角上！上体摇摆，脚踩着地面打拍子。

眼看这幕热闹的演出，迈达斯王喜出望外——他对音乐一无所知，不明白乐曲的构思，不理解华彩的变化，只不过是潘的陶醉感染了他，他与潘共享其中妙处了。主人吹奏完毕，肥胖的国王跳跃起来，挥舞着双臂跳到前面，忘我地大声呼喊，唾沫飞溅："天啊！太妙太美了！惊天地泣鬼神啊！

行云流水啊！异想天开啊！美不胜收啊……"

迈达斯王一口气罗列了诸多溢美之词，发现言辞难以为继，便半张着嘴，愣住了。他想摆脱这个尴尬的冷场，便猛然热烈地鼓起掌来。目瞪口呆地看着迈达斯王的听众这才回过神来，随他一起为潘喝彩。迈达斯王见观众反响热烈，情绪越发高涨，双手用力拍打膝盖，使劲摇头晃脑，口中连连念道："真精彩呀真精彩……"仿佛他随时会冲到某个听众面前拥抱他，管他是神还是人。

托尔摩斯长老安抚住狂欢不止的迈达斯王，示意阿波罗开始演奏，他身体上的植物叶片发出刷拉拉的微响，仿佛在为阿波罗捧场。

阿波罗站起身来。他正了正紫色外袍的长襟，静静地抱起竖琴。

迈达斯王不屑于阿波罗那安静的演奏，没有一点儿兴趣，时不时"嗯哼嗯哼"干咳上几声。他体味到了纯粹而彻底的无聊。耳边悠长拖沓的音乐算什么？这不温不火的演奏哪里好？装模作样！

待阿波罗结束演奏，让迈达斯王大跌眼镜的事情发生了。托尔摩斯作出判决：

"我宣布，胜者是阿波罗。"

顿时响起了一片喝彩。每个人如大梦初醒，一个劲地鼓掌致意。

迈达斯王无疑是唯一的心理失衡者，无法接受这个结果。他摇晃着肥胖的身体，手臂举起后放下，放下后举起，突出的铜铃眼睁到不能再睁大，鼻孔喷出的激烈气息掠过上唇的八字胡……迈达斯王转身面对托尔摩斯，无语———段长得让人匪夷所思的沉默之后，迈达斯王开腔了："等一下！且慢！刚才的裁决，您到底判谁获胜了？"

"阿波罗神获胜。"

"哎？你说什么？"迈达斯王木然张着嘴，诘问道。

"阿波罗神获胜。"托尔摩斯镇定自若地重复了一遍刚才的话。

"阿波罗神获胜？阿波罗……哈哈——是这样……哦——我知道了！"

迈达斯王被震怒击昏头脑，不再言语，只是身体依然摇摆不止，鼻息仍旧喷射不停，体内积聚的那股怨气让他的脸明显地变了颜色。他终于能发出一点声音了，而且陡然增大——他大吼大叫起来：

"是这样！我知道了，我总算知道了！"

迈达斯王气得失去了理智，双臂击打侧腹，反复说着同一句话。潘不忍卒睹，要阻止迈达斯王，哪知气昏了头的迈达斯王一把将潘搡倒在地。他不顾松塔形的帽子跌落，径直顶到托尔摩斯面前。

"我终于知道是怎么回事了。现在，我抗议裁决不公正，我抗议！我什么都明白了，所以我抗议……"

一旁的阿波罗冷冷地苦笑着，对迈达斯王说道："迈达斯王，你是不是有些失态了？潘的笛子的确非同凡响，我也有不及他的地方，但今天的比赛，公平地说，是我的胜利。"

迈达斯王亢奋至极。毕竟在人间，他是万乘之尊，如今发起飙来，竟然忘了周身诸神的存在。受惊的宠儿于一旁静观事态，女神已经乐不可支，阿瑞斯（Ares）怒斥迈达斯王是小心眼……周围人和神的言行无异于火上浇油，迈达斯王直视阿波罗冷峻的容颜，脸上没了血色，用颤抖的声音怒吼：

"什么！你说什么！"

一片喧嚣混乱，潘悄然脱身。

III

森林——

草丛雅致地呼吸着，每一次呼吸都向大气奉献出沁人心脾的芳香，树木枝条交错，阳光在枝叶上尽情流淌，飞虫臣服于舒缓的气流，悄无声息地上下飞舞，苔藓静默着，一心一意汲取地下的水分，小鸟忘却了回巢的路，慌慌张张飞来飞去，地下水涌出，如美人秋波流转，蘑菇耷拉着菌盖，憨态可掬……

森林，还是森林好。这里，才是我应该待的地方。

潘把四肢随意搁在老树根部的苔褥上，怡然自得。背靠树木，抬头仰望，荡漾着午后深邃的晴空蓝得耀眼。闭上眼，耳边响起森林的呼吸，双翅虫振翅，空气发声。潘平心静气，倾听大自然的话语，沉默许久。

树梢说着悄悄话："赶紧把晒枯的叶子给抖掉呀！你都瘦得快不行了……"

蔓草独语："懒腰伸过头了，肩膀疼……"

熊蜂拜访花朵："嗨！一块儿玩吧。"

"你——是谁呀？哎，这不是熊蜂君吗？声音那么甜。"

"嘿嘿嘿，这叫发嗲。"

潘笑了。此时一个想法闯进他的大脑，刺痛了他的心：

我究竟是什么？我就这样坐在这里，我是什么呢？人们称呼我森林之神，但是没了我，森林不会发生任何变化，无始无终、无穷无尽的循环。再者，我算是神吗？牧神低头看了看他那山羊四肢。长毛蓬乱，草籽沾在上面。

——我为什么而活？奥林匹斯的神灵们各自担负着使命，那么我呢？这支芦笛是什么？芦笛不发声，森林也会演奏它自己的音乐。阿波罗的竖琴音乐为何这般完美？我能够理解他的音乐：熟悉的压迫感，永不被侵蚀的神经，拒人于千里之外的冷峻……我的心脏太暖了，以至于难以和对象拉开距离。只要心灵动摇，便无法确切而贪婪地识透、甄选和塑造音乐形象。

……耽于思索的潘突然注意到有人在喊他的名字。

"哎……我在这儿。"潘大声回应，他晃了晃脑袋，站起身来，仿佛抖落了浑身上下的郁闷。

不久，丛林中冒出了迈达斯王的身影，刚刚还是那般盛气凌人，如今怎么无精打采的判若两人。潘细细看了看他的脸，忍俊不禁。

"你的耳朵怎么了？"

迈达斯王的耳朵已经不是人的耳朵了，而是长着绒毛的驴耳朵。

"正如你所看到的，它就是这个样子了。"迈达斯王带着哭腔。

"你不觉得过分了吗？我觉得很过分！阿波罗竟然把我的耳朵变成了这般模样！说什么无能的耳朵不配有人耳的形状，就把我的……可是，这也太不人道了吧！"

迈达斯王全然没有了刚才的威风，脸颊的肌肉失去了张力，嘴角耷拉着，可怜巴巴地向潘申冤。

"这副模样……太丢人了，简直没脸见人。在阿卡迪亚我算是混不下去了，回到佛里吉亚，也好不到哪儿去。"

"别说丧气话，脑袋上盖一块大头巾，不就遮住了吗？"

"说得也对。帽子不顶用了，头巾还能凑合。对，就这么定了，回去赶紧让人做块大头巾。"

迈达斯王稍稍宽慰了些，脱下那顶龌龊的帽子，抚摸着毛发稀疏的头顶。

"你要回佛里吉亚？"

"我吗？是呀，要不然还有什么办法呢？这模样，到哪儿去不是让人看笑话？"

"是吗……也行。我去跟荷赖（Horae）说说，让他送你去佛里吉亚。明天到我的洞穴来一趟吧。"

潘早就觉得迈达斯王在阿卡迪亚待着没有任何意义，所以没有反对。

"您待会儿去哪……"

"在森林里散散步吧，你跟着我一块儿走段路。"

潘满怀温情地把手搁在迈达斯王的肩膀上，同时竭力遏制每一丝可能引发爆笑的气息——驴耳不对人头。他走在前面，跟迈达斯王搭话，腔调尽量地开朗豪爽，给迈达斯王打气。

"回了国，你不还是个伟大的国王吗？这张没精打采的脸可配不上你。"

"唉，我是个完完全全没用的人。我确实是佛里吉亚的国王，可别人寻根问底起来，我还真不知道自己的祖先是谁。"

仍旧阴沉着脸,迈达斯王的语气与平时迥异,出奇地落寞。他谈起自己的身世,跟潘都没有提起过的身世。

"我的父亲是个贫贱的农民,名叫戈尔迪(Gordius)。那个穷啊,说了您会落泪的。我小时候,时常是吃了上顿没下顿,吃了今天的明天就得饿肚子,就在那个时候,一个奇怪的神谕降临佛里吉亚,内容大概是这样的:'汝等君王将驭马车而来'。群众聚集在十字路口议论,你一言我一语,谈得正在兴头上,我们一家正好经过此地,你说巧不巧?当时我们一家背井离乡,正移居别处,马车上装着全部家当,父亲提着缰绳驾车。就听见周围呼啦一阵哄响:'看他们看他们!''那就是我们的国王!'人们大喊大叫,拥过来围住了马车。我父亲还没明白出了什么事,就被摁在了宝座上。后来,我自然而然地继承了他的王位……身世草根得很哪!"

迈达斯王低着头,一步一步缓慢地挪动着步子,口中不停念叨着自己的草根出身。潘对迈达斯王的身世深感兴趣,放缓脚步,观察迈达斯王的脸。

"你这样说让我也悲观了。我不知道自己是谁的孩子。"

"您的父亲是赫耳墨斯(Hermes)吧?"

"大家都这么说。即便赫耳墨斯是我的父亲,那我的母亲是谁呢?各有各的说法,没有定论。听说是阿卡迪亚的一个水精灵,大概就是她吧。"

"你是堂堂的森林之神呀!"

"堂堂?我觉得自己长得难看极了。听说我刚出生的时候,因为长相太奇特,母亲和奶娘都被吓跑了。赫耳墨斯把我裹在兔皮里,让奥林匹斯的众神过目,在场的神灵没有不笑的，所以给我取名'潘'，就是'全部'的意思。"

"原来还有这回事。"迈达斯王不由得摇摆起脑袋来。

"所以我几乎不去奥林匹斯，没有比独自住在森林里更适合我的了。想吹笛子就吹。当然，比阿波罗差远了。"

迈达斯王摆摆手，潘仍然是他心目中的胜者，他对阿波罗没有丝毫兴趣。

"阿波罗没什么了不起的，刚才的判决分明有猫腻。您其实没必要畏惧阿波罗这号人的。"

"我太好色了，不是吗？"潘苦笑着说，他希望这个回答能岔开迈达斯王的问题，可是头脑简单的迈达斯王抓住了这个新话题，穷追不舍。

"您别开玩笑了。"迈达斯王严肃而认真，"阿波罗才好色呢，不折不扣的好色之徒。"迈达斯王铆足气力说出"好色"两字，大声得连潘都觉得难为情起来。"他的事您应该比我更清楚。你看呐，他迷恋俄耳卡摩斯（Orchamus）的女儿琉科托厄（Leucothoe），同时和克吕提厄（Clytie）亲亲热热，还有，把精灵达芙妮（Daphne）追得团团转，人尽皆知。可怜的达芙妮变成了月桂树，阿波罗还真是厚脸皮，胡扯什么他是神圣的树，把树枝插在头上。不知道他究竟在想些什么。"

潘无言以对。他见迈达斯王不再消沉，稍稍宽心。可是迈达斯王刚才关于达芙妮的一番话，却又让他想起了往事，心头隐痛。如今手中的芦笛，不正是那位楚楚可怜、端庄秀丽的绪任克斯（Syrinx）变化而来的吗？那时，躺在潘环抱中化为芦苇的精灵，在潘的怅然轻叹中发出了摄人魂魄的天籁之音。

"总之阿波罗很不怎么样，好色就好色吧，还总装正人君子。"

"阿波罗的心你是猜不透的。"潘的语气里带上了一丝威严，"那位神有他的使命。"其实这句话他是说给自己听的，说出口之后，心中不由得发起虚来。

"我知道，知道了才觉得自己有多么可悲。我算什么东西呢？人类有使命吗？"

"这个嘛——我也不知道。"

"您不知道？"迈达斯王的期待落空，泄了气，"那我该怎么办呢？我什么办法都没有了，不是吗？"

潘没有回答。他站住了，报以一个懒散的微笑，冷淡地说："你还是回去吧，回到佛里吉亚，对你有好处。"

"嗯，就这么着吧。"

"我怀念我的国家了。回去以后养尊处优，吃大颗的葡萄，嚼填满松子的烤羊肉……对了对了，还有一件有趣的事等着我去做呢。我的父亲登基之后，把那辆破马车献给了降谕的神灵，用绳子把马车拴在了神殿上，打了一个解不开的死结，宣布不论何人，能解开绳结者，封之为亚洲之王。要不回去之后，我也去试一试？"

"胡思乱想！你盘算什么呢，给你的教训还不够吗？"

"行了，我知道了，连我自己都觉得大错特错了……行了行了，这事我心里有数。"

迈达斯王诚惶诚恐，打断了潘的话，肥胖的身躯扭扭捏捏地运动着。

这个无邪、愚钝的国王，几次低头致意后，朝着右边的森林走去，踩踏草地的脚步声渐渐远去，潘独自留在大橄榄树下。

……

苔藓呼吸着,青白色的孢子成熟、脱落,四散开去。

潘的心中充盈着不可理解的空虚。"你寂寞吗?丑陋的男子,你不幸吗?"他望着朽木树干上匍匐的蜥蜴,自问道。蜥蜴吐了一下舌头,哧溜哧溜窜到了朽木的背面。别闷闷不乐的,你不也曾经呼吸过奥林匹斯山上的空气吗?神没有幸福和不幸,那是人类思考的概念,对神来说一文不值。那儿的空气是那么澄净透明。可是,我终究不属于那个世界,那么,我究竟属于哪个世界呢?

鸟的身影在林间飘忽,是猫头鹰。潘梦游般漫无目的地挪动着脚步,这片再熟悉不过的森林,如今看起来是那么的陌生,仿佛自己是个误闯其中的初访者。

迈达斯王如今走到哪儿了?让那个老实人受了委屈,我有责任。自己先走一步,丢下他一个人在那儿,确实无情无义……我为什么会对这个肥胖的人类如此有好感?那个愚昧、平庸、虚荣的人……

思考至此,潘顿悟到:自己上不着天,下不着地,悬浮于天地中央,无依无靠。

"我也不是人类。"潘独语,"因为我知道了自己的位置,我了解两个截然不同的世界,两个永远没有交集的世界,各自拥有对方世界没有的东西,无法理解对方。"

"我无家可归,我的地位可疑,我的身世不明,我长期为此烦恼。问题就出在这里,难怪我一直忧郁寂寞,但是我不恨我的命运。"

……耳边传来流水声，潘驻足，发现已经走出森林，一股清溪从林间流出，流下了起伏的山崖。

太阳——希洛士驾驭的火之车，光芒已经不再刺目，能用肉眼直视，缓慢驶过稍显黯淡的天空，渐渐西沉。

河流中露出水面的石河床四处可见，河水发出水晶般的光辉，一遇到落差，便打起漩涡来。太阳把饱和的光辉尽情挥洒在河面上，波光粼粼的河水冲刷着岸边有条纹的溪石。山崖再远处，巍巍群山的轮廓在澄净天空的映衬下格外鲜明。在这纯美的风景里，潘看见一位精灵的身影……那么的纤和细腻，那么的含羞。

雪白的裸体几乎透明，柔软的肌肤仿佛随时可能溶化，它戏水的姿态生机勃勃，让人联想起维纳斯的诞生。精灵横卧着，浑身濡湿，金色的头发披散于肩，纤细的手臂随心搁在一旁的岩石上，滴水的湿发匍匐于颈项，腰部勾勒出优雅的曲线，几乎让潘意乱情迷。

潘强压住自己的欲望，他在一棵大山毛榉树的树根上坐下了，眼前茂密的草丛恰好遮住他的身影。一只带有长长产卵管的寄生蜂嗅着山毛榉的树干，小心翼翼挨近、远离。被太阳晒黄的树叶在飘落，它们已经很累了。

潘闭上眼，把久违的芦笛衔在嘴边，把情欲转化成旋律，用音乐来表达精灵清澄的姿态——比气息更加纤弱的笛音。潘四周的树木皆垂下了枝条，飘扬的树叶清唱起来——这一切是昨晚发生的吗？莫非是我继续着昨夜的梦？

流水潺潺，树叶沙沙，光线渐渐昏暗的草丛间，不可思议的慵懒气氛里，潘，不知何时，昏昏沉沉地睡过去了。

狂 诗

1

我要在这一册笔记本上写下若干文字,我必须尽量抓紧时间。我今年二十一岁,但觉得自己时日无多。英年早逝的可能性不大,不过我的头脑即将失效,我担心别人会看不懂我写的文章。毫无意义的文字罗列,或是古代象形文字一般令人匪夷所思的笔迹,我都了如指掌。这是幸福,还是不幸?

我之所以要写这部手记,无非是想帮助日后为我诊疗的大夫多了解我一些。或许有更深层次的动机也说不定。总之,我一心想早日完结它。只有这么做,我才能从侵蚀我的不安中,从突如其来的莫名恐惧中稍稍解脱出来。我渴望婴孩般的酣睡,渴求白痴才能享受的安宁,心情比口渴的沙漠行者更加迫切。不过,先决条件是我用文字填补了笔记本的大半空白。

从我的少年时代说起吧。那个被微光笼罩的世界里,一定存在着某种东西。它侵透我薄薄的皮肤,潜入我的身体,扭曲了我的感官。

就拿嗅觉来说,我天生比别人敏锐许多。眼下我就闻到了嘶嘶作响的钢笔尖端的金属气味,我还能回忆起儿时萦绕于周身的种种气味。我家后院的角落有一棵矮小的梨树,每年都会结几个小果子,小得没法吃,没人碰它们。小梨子或挂在树上直到腐烂,或落在地上。名叫花金龟的甲虫来了,它弄破梨子皮，挖出白色的肉，吸食汁液。年幼的我伸直腿坐在树下，看着这一幕上演，同时闻到了梨子果肉发馊的气味。久久望着花金龟埋头贪婪地吸食，我觉得自己就是那只甲虫，浸淫于酸甜的发酵气味中，乐得浑身发痒。

我讨厌姨妈。她只要闲着没事，就解开头发，在镜子前梳头。恐怕是太热心打理头发了，她从来不刷牙，牙齿很脏，还有口臭，就像梨子被日晒雨淋、干瘪腐烂时发出的臭气。再看她的脸，浮肿，松弛，没有弹性。有一回，她端着一大盘草莓请我吃，我摇头拒绝了，她便一个人吃起来。那张脸在我的眼前运动，鲜红的草莓挨个被她的大嘴所吞噬，我被这一幕吓怕了，超越了厌恶的程度。小时候，我深信草莓和动物一样，身体里包着一腔鲜血。

夏天，大人带我去深山的树林，看夜里蝉的幼虫蜕皮羽化。山雨欲来，天色因此昏暗，蝉的幼虫们误以为黑夜降临。就在我的注视下，它们爬上布满青苔的粗壮树干，在那儿蜕下了壳。幼蝉那身暗淡的白色，别处哪里找得到？这种极致脆弱的色调深深陶醉了我。自从那时起，我每逢夏季，都会去追寻金蝉脱壳的那一幕。

我出生的地方后来被划入了东京市。小时候，家附近随处可见水田和旱地，家中也有一个长着许多橡树的宽大后院。夜幕降临，蠓子群聚于树阴，蝉的老龄幼虫爬上地表。

体弱多病的我自幼胆小，夜晚不敢单独外出，但这一刻例外。我聚精会神，躬身行走于薄暮中，仔细查看每一棵橡树粗大的根部。到处是蝉蜕。捕捉尚未蜕壳的蝉并不容易。偶遇悄悄上树的蝉，心底便迸发出狂喜，身体颤抖，心脏仿佛被人一把揪住。等我回过神来，夜幕已经笼罩四周，树木仿佛怪物，把我包围。金龟子横冲直撞于树木间，翅膀振动的嗡嗡声让人头皮发麻，蚊虫开始叮咬我的小腿肚子。在莫名恐惧的驱使下，我没命地朝着草丛那一头亮着灯的自家跑去。

我把捕获的蝉幼虫释放出来，调暗灯光，它们便窸窸窣窣爬上隔扇门，在适当的时机，裂开背部，鲜嫩的蝉从中诞生。时间大多在半夜，我坚守着，三番睡着五次醒来，每次醒来我都点亮灯，看看它们的样子。我该如何形容刚蜕皮的蝉呢？茶褐色的秋蝉，刚出壳时也是纯白色的，水灵灵的迷人的纯白色。这个柔软的小营生，挣脱出上半身后，向身后仰去，利用身体的重量使下半身脱离出来，再往前倾倒，一只嫩白色的裸身便出现在蝉蜕上。其间蝉的一举一动，我都看得分明，双眼一眨不眨，一切杂念抛在脑后，就像灵魂出窍一样。

类似我这样的事例在孩子身上并不罕见，但是，我不想将当时的精神状态付之等闲。这是一种揪心的紧张感，是一种异常的入迷。其中是否蕴含着某种扭曲、某种潜在的天性呢？还是我想得太多了？

今日天气阴沉，乌云压在我的心头。我在宿舍写下这些文字。窗外，能望见百米开外自家榉树的树梢。榉树掉了叶子，光秃秃的树杈在阴暗天色的陪衬下，就像是裸露的神经组织。我的神经也……打住！我不能把它当日记写，这违反了我的初衷。不管怎样，我都要熬过这几天，就算勉强自己，也要写下记忆中的往事。

我的父亲是内科医生，在公立医院工作，没有自立门户开诊所。他向来话不多，据说从来不会和病人和和气气地打交道。我的母亲话多，脾气阴晴不定，时不时说自己头疼。两人都已不在人世。我不想谈他们，免得心情沉重起来。再者，我一心想赶快写完这部手记，父母的情况就点到为止吧。

与我家相邻的，是一家私人开的精神病院。从我家这边能望见高高的砖墙后头老旧病房的屋顶。西洋品种的爬山虎布满砖墙，粗枝大叶，还长着密密麻麻的毛，它的藤蔓都爬到我家这边来了。厚实浓绿的叶片背面藏着无数豹脚蚊，我一晃藤蔓，必定飞出几只，敢情是爬山虎的叶子孕育了它们？时常有喝饱了血大腹便便的蚊子承受不起沉甸甸的肚子，经不起我这一晃，啪嗒落在地上。

精神病院的院长住宅与我家后院只隔着一道竹篱笆。院长的儿子年长我一两岁，和我一样羸弱，气色不好。性格孤僻的我只跟他一个人玩。

一天，我俩在池塘边捞鱼，玩到兴头上，忘了天色已晚。精神病院的隔离病房后边有一个相当大的水池，一潭死水略带黑色，水面漂浮着油花，不时有气体从池底的淤泥中冒出。水池里养着形似斗鱼的小鱼，我用网兜胡乱打捞，运气好的时候能逮到一两条，有的时候还能逮着龙虱之类的水生昆虫，拖泥带水一块儿捞上岸来。

"哇！你看这是什么。"他突然嚷嚷起来。

我跑过去看。网兜被他丢在地上，那里除了水草和淤泥，还有一只陌生的奇怪虫子，正慢吞吞地运动着肢体。土色的身体有独角仙那般大，仿佛浑身溜滑的河童，恶心得要死。

现在想来，它应该是属于异翅类的田鳖。

我俩猫着腰，远远望着这怪物。

"你！去扔了它。"

"我……"我畏缩了。

"我来！"

他鼓起勇气，抓住网兜的手柄，将眼看就要从网兜中爬出来的怪虫一把甩回了池塘。

扑通。怪虫用前肢慢悠悠地划起水来，转眼间没入水中，超乎想象的迅捷。我呆呆地站着，突然手背有刺痛感，一只大豹脚蚊正吸着我的血，看它的肚子，已经极度膨胀，想必已经光顾了别人。我屏息吞声，保持手一动不动，悄声跟他说："你看，吸了这么多血。不光是我的血呢。"

没等我说完，啪！我被他狠狠拍了一巴掌，力度之大吓了我一跳。蚊子被拍扁，在我苍白的手背上留下了它腹部黑白相间的条纹和满腹的血液。

"你有病啊。它吸过病人的血呀！"看着呆若木鸡的我，院长儿子眼神中满是责怪，"蚊子咬过病人的，你也会疯掉的。快去洗掉！疯病会传染的。"他用手指戳着我，口气无比认真、严肃，就好像在向我透露一个秘密。

我赶紧去洗手，温吞的池水让我心里发毛。正当我用草擦手时，不知几时亮灯的病房那边传来女人尖利的哭喊声。这家精神病院我再熟悉不过了，要是在平时，我不会在意疯人的叫喊，但是眼下，我吓得一下子紧紧挨在他身上。他开始拿我开涮："你疯啦！活该！活该！"说完撒腿要跑，我在恐惧的驱使下紧随其后。两人沿着砖墙奔跑，惊起蚊子无数，耳畔尽是它们嗡嗡的振翅声，大概是心理作用吧。不过在飞奔途中，的确有一两只飞虫撞了我的脸。

一直跑到门灯驱散黑暗的医院门口，我才平静下来，两人相互拍了拍对方的背，说声"下回再来"之后分手。我记得分明，一只壁虎紧贴在医院门灯的磨砂玻璃上一动不动，灯光勾勒出它黑色的剪影。

晚餐时，我战战兢兢地向父亲提问，同时留心藏好明显肿胀的手背："被吸了病人血的蚊子咬了，会不会发疯？"

大伙儿都笑了。来我家玩的叔叔（他在大学学医）对父亲说："如果是 XXX 的话，说不定还真会传染呢。"XXX 是一串我听不懂的外国话。

"你别逗他了。"父亲又笑了。

我不解地望着欢笑着的大人们，品味着被嘲笑的不快。

当晚我做梦了（可能不是那一天的梦）。朦胧的视野里，那只怪虫出现了，蠢蠢运动。我竟然没有逃走，反而站在它的近旁看着，感觉亲切而怀恋。怪虫应该有大象那么大吧。

有必要细致描写那些精神病人：有人双手紧握着窗格，炯炯的双目盯着户外；有人沉默着蜷缩于室内，好比幽灵；有人晃动着身体，徘徊于走廊。这些病人的形姿铭刻在我的心上，到现在也没有忘记。

我俩享受着特别的待遇，把疯人院当作游乐场，也没少去病房里。护士长待我们很好。富态的她总是眯着眼，神态温柔，白发爬上了她的发梢，肉乎乎的脸颊垂荡着。我们每次去，她都会用自制的饮料款待我们。这饮料，是用药房里的无色糖浆和红葡萄酒混合，兑水后调制而成。我经常把玻璃杯端到眼前，饶有兴致地欣赏阳光透过杯中的血色液体时发生微妙的折射，尚未彻底溶解的透明浓稠糖浆形成缕缕条带，缓慢沉淀，我仿佛面对着一件无上的艺术品。

每一扇门都上了锁。每次敲那些黑重厚实的病房门，我都会产生犯下罪行的心跳。门的另一侧传来一阵金属物件相互撞击的声音，那是看守或是护士找钥匙为我们开门。门打开了，我俩就在熟悉得不能再熟悉的走廊上撒腿欢跑起来，或者径直朝熟识的护士奔去。

与此同时，我呼吸起病房的空气。这里飘荡着特殊的气味，于我莫名地亲切。它来自于各种药品，来自老旧的建筑物本身，来自病房一角规模不小的厕所，或者说，这就是精神病人的气味。长期卧床不起的病人都有一股特别的气味，然而这里的气味显然不同，只好叫它"疯子的气味"。昏暗阴沉的走廊上满是这种气味，我浸淫其中，不知怎的，满心眷恋。

几位患者的音容，我至今记忆犹新。我们去的几个病房，收容的都是症状较轻的患者。他们被允许在走廊上自由走动。娱乐室里，男女患者聊着天，有人热衷于乒乓球，有人看书读报，乍一眼看不出他们得了什么病。

我和许多病人关系不错（当然不是我们平常说的那种"关系不错"）。先说说"孙悟空"吧。他四十岁出头，面部线条犀利，黑黑瘦瘦，起初我怕他，不敢靠近。据说他自称"孙悟空"，就那么叫开了，可是在我看来，他身上没有半点像孙悟空的地方。可能他只在冬天住院，我记得他总是穿棉袍。他常在娱乐室的椅子上呆呆坐着,一坐就是大半天,两条腿晃荡个不停。我只要看见"孙悟空"在那儿坐着,必定过去坐在他的腿上。他似乎根本不在意,仍然不停地晃荡,我好比坐在木马上。

"你是院长的儿子?"孙悟空问我。他偶尔打开话匣子,与我交谈。

没等我应答,一个女人的声音传来:"不是,他……是隔壁家的。"

声音来自乒乓球桌前奋战的女人N。她一反常态,神情格外严肃,一字一顿地说出了那句话。天晓得她是怎么知道的。N正值中年,肤色苍白,表情呆滞,平时帮护士做些清扫工作,很是安分。你还是能一眼看出来她有毛病——面部肌肉总是松松垮垮的,动不动咪咪窃笑。她望着窗外出神,冷不丁发出傻笑,同时东张西望,到后来笑得东倒西歪,站都站不直了,漫无目地游荡于走廊。别看她这样,清扫工作干得不赖,有时还陪我玩丢球游戏。她的反应就跟婴儿一样,接不住皮球,可只要她在一旁看着,我就会劲头十足。每次皮球滴溜溜地滚走,她就去追,大敞着衣服的前襟,一副乐不可支的样子。

"这位呀,是隔壁家的……孩子。"N重复了一遍,语调里带着愤懑。

孙悟空的反应如何?我仰起头看他的表情。他没有表情,两眼直视前方,膝头依旧咔嗒咔嗒抖个不停。N盯着我和孙悟空,冷不丁呵呵呵笑出声来,像一条影子般溜出了娱乐室。空虚、呆傻、深不可测的笑,N那似乎蕴含着无尽悲哀的笑声，一直萦绕在我的耳边，久久不散。

此外，我听到过任何异常的声响，还听到过隔离病房病人的叫喊，那不像是人类的发声：喉咙深处空气流通受阻的嘶嘶声，高亢尖利余音不绝的尖叫声，压抑如野兽低吼般的呻吟声，不一而足。我不由得思考起一个问题：我们平凡的神经，能够忍受这些怪异的声响多久呢？

再介绍几个病号。瘦弱的女性，整日坐在床边，在几张便签纸的正反面不停地写，旁人完全看不懂她在写什么。我几次看见她依靠在护士的肩头啜泣；古怪的男性，动辄用手捂住私处，向旁人投以怀疑的眼神，快步行走于走廊……写到这里，我回忆起一个性格极其开朗的女病人。她的头发纤细而疏散，稀稀拉拉地耷在前额，但从未忘记抹香粉涂口红。她谁都搭理，嗓音就像男人，把一块饼干掰作两半给我们吃，经常伸出鲜红的舌头舔一舔嘴角。那长长的、好像不明生物的舌头，实在是鲜艳，它每次出现，都能把口红的红色比下去。她的下嘴唇因为经常被她舔舐，香粉剥落，松弛的皮肤暴露无遗。

还有一个病人我要好好写一写。很奇怪，在我的记忆里，他的形象模糊不清，姓甚名谁已经无从考证，只记得他是个老头，人挺好。我们从他那儿学到了许许多多的知识。我记得分明，我俩就坐在娱乐室的长椅上，微微斜着身子，听得出神。老头儿的话里夹杂着我们听不大懂的古怪词汇，为他的讲述镀上了一层厚重的光泽，使它显得颇为意味深长。每段话里，总有妖精、妖女和恶魔粉墨登场，有的像童话，宁静安详，有的充满血雨腥风。每次讲到王子打倒恶魔、血流遍地，我都会想："那血和红舌头阿姨的舌头一样红吧……说不定更像红葡萄酒。"老头儿讲到兴头上，眼睛发光直直盯着我俩，妖邪的目光把我俩吓得透心凉。我现在还记得几段老头的话，估计那时我的年纪不小了。

这群病人其实没有我们想的那么疯狂。不过，平时安静温顺的病人偶尔也会亢奋发飙，我目睹过几次。一个看似手无缚鸡之力的年轻女人发作起来力大无穷，两个男护工一起动手才勉强制服她。

孙悟空敲碎玻璃一事就是典型。起初，他若无其事地站在窗边，望着窗外，我正从他身后走过，只听得一声大喝响彻整条走廊。我大吃一惊，回头看去——站在那里的，已经不是平时的孙悟空了。他石像一般僵立，凝视前方，十分吓人：他把全身的精神都集中起来了，世界上大概没有第二个人能如此集中精神，浑身颤抖不已，面部肌肉小幅度痉挛，眼睛盯住一处，没有任何表情。我看着都心疼。

"老子是天皇！"

他是这么喊的没错。脸上的血色一下子褪去，只留下怒目炯炯放光。

"老子是……"他闭上了嘴。很显然他正与某种可怕的力量殊死搏斗，他的右手慢慢提升到与肩同高的位置，猛力朝前击打出去。窗玻璃的碎裂声震撼我的耳膜，光泽暗淡的玻璃碎片飞溅到我的脚边。我完全被吓呆了。他挥舞着鲜血淋漓的右手，直到护工赶来制服他。

事后我了解到，孙悟空出现了怪力乱神之类的幻觉，他命令它们滚蛋，无奈对方就是不走，这才上演了这一出。

"他忘了自己是孙悟空，当上天皇陛下了。"收拾残局的护工边笑边说，抚摸我的脑袋，"怎么啦？没什么好怕的。"

我被吓哭了，站在原地一动不动，直到孙悟空被人拖过墙角消失不见。护士过来关心我："小朋友没事吧？"她亲切地望着我的脸，我自然而然地抽泣起来，宛如一只泄了气的皮球。

上小学的时候，大约是三年级吧（就这部手记的体裁而言，我的文字还有待完善，但是考虑到眼下的状况，我只想一直写下去，即使这会导致它支离破碎），我最不擅长体育和作文。我本是弱不禁风，不擅长体育运动也在情理之中。那么我内向、爱幻想的个性，是否助长了我的写作能力呢？答案是否定的。我极度讨厌作文课，我的确写得不好，更重要的原因是我常常在课堂上写不出一个字，成绩老是垫底。

作文课的老师会给我们出各种各样的题目，我也认真思考了：写"海"，怎么写呢？海我只看到过几次，大得什么都能吞掉，大概就是这样，对了，还有水母，水母到底是什么东西？水里漂呀荡呀，每次看到都有种说不出来的奇特感受，奇妙的动物。我写水母干什么呢？又不能当作文写……

看四周，其他同学运笔如飞，我迷惑不解。他们已经能动笔写了？不会吧。没人苦思冥想，是我太无能了？我强迫自己组织语言，勉强写了几句，很快就写不动了，无用的幻想和恍惚感再次袭来……每次都这样，我几乎没有在规定的时间内完成过作文。

只有一次，我像着了魔一样。那是一次自由命题作文，我一反常态，提笔就写。我要写一篇酝酿已久的童话，里头有妖精，有恶魔，还有亮闪闪的金银财宝。鬼火明灭之间，英勇的王子刺杀恶魔……显然深受疯老头的影响。

有一种力量让我忘记了时间，文思如行云流水一般。我从来没有如此亢奋、如此忘我。跟平时刚好相反，我想写的东西太多太多，以致没能在课内完成。下课铃声响起时，我如大梦初醒，望着眼前的十页纸愣住了——要知道，我平时连两张纸都写不满。

幸运的是，没有当堂写完的同学比比皆是，老师下令大家下一堂课之前写好。回到家后，我用心写完了它。

大大出乎我的意料，我的作文受到了老师的认可，他在课堂上朗读了它。这份意外的荣耀让我心跳加速，双手端端正正地摆在膝盖上洗耳恭听。渐渐地，我怀疑起自己的耳朵：这么复杂的故事，到底是不是我写的？

"写得很不错，别有一番趣味。"老师的表扬令我很难为情。这位头发花白的老师，说话时喜欢用右手扶一扶眼镜。这时的他习惯性地调整眼镜，目光越过眼镜的上边缘，落在我身上，说了一句让我心情一落千丈的话：

"这真是你写的？"

我愕然。他怎么会这么说呢？真是个晴天霹雳。我急了，想说就是我写的。但老师的表情让我把心里话硬是咽下了肚子。那张充满确信的脸仿佛在说：别骗人！你哪里写得出这种文章。

我低下头，辩解有什么用？也难怪老师会怀疑，因为连我自己也不知道是怎么写出来的。"可是老师，真的是我写的"——真要这么说了，接下来的日子我能回应老师的殷切期望吗？我盯着课桌，站着一动不动。

"你怎么了？老师明白，你找家里人帮忙了吧？老师不是批评你，只要你说实话，老师还是会表扬你下了苦功的。"

我更抬不起头来了。我从小爱哭，一点小事就能让我的泪腺分泌出大量的眼泪。后来我学会了一个对策，那就是睁大眼睛，这样眼泪就不会掉出眼眶了。眼下我能做的，只有拼命瞪大眼睛，盯住课桌的一角看。我恨啊，我后悔啊，我做错什么了？可又有什么办法呢？当务之急，是竭尽全力把眼皮拉扯到最大，阻止眼泪决堤。

从那时起，我越发讨厌写作文了。有一段时间，我对这件事耿耿于怀，想到好词好句也不用，故意往差里写。到后来，我真心想写一篇好作文，也写不出来了。

就算是这样，我自信能够写出好文章。不过，随着时间的推移，这种自信也消失了。

我在学校里没什么朋友。别的孩子在一起快乐地嬉戏，我就是融不进去。

老师布置了制作昆虫标本的暑假作业，我热衷于采集珍稀品种。独自一人捕蝉捉蝶，观察昆虫的生态，这样的生活更适合我。前面我也提到过，我家附近水田旱地随处可见，农村的风貌尚存。夏季，一到晚上，喜光的昆虫纷至沓来。有一回，成群长了翅膀的蚂蚁飞过来，撞上电灯泡，掉在榻榻米上，拖拽着很容易脱落的翅膀东奔西走。

我不满足于仅仅挥舞着网兜捉虫子。通过阅读参考书，我学会了各种采集方法，并且付诸实践。有一种糖蜜采集法，把酒与糖混合之后涂抹在树干上,到了晚上,那些来采蜜的蛾子、甲虫就上钩了(为此我从厨房里拿酒和红糖,没少挨母亲数落)。

有一天,我去距离我家几百米远的一片麻栎林,往树干上抹糖。平时的晚上,我才不敢进林子,但捕虫心切,也就顾不了那么多了。夜幕降临,我带上毒壶和网兜,怀揣一颗兴奋的心,朝林子进发。

哪棵树涂了糖?白天我自以为记得清清楚楚,天色暗下来,就有些难分辨了。我轻手轻脚地挨棵树查看,特意不亮手电,以免惊动昆虫们。

听到蛾子扇动翅膀的声音了,是这棵树没错!我屏住呼吸往前走,一个物体冷不丁撞上鼻尖。我拼命掸开,手指所触及的,无疑是蛾子腹部厚实的绵毛。蛾子的鳞粉顽固地附着在我脸上,怎么擦也擦不掉。慌乱之下,我条件反射性地点亮了手电。

手电筒黄色的光形成一个圆圈,照亮了粗糙的麻栎树干。我的所见远远超乎我的想象和期待。那是虫子们妖异的狂乱,令人头皮发麻的盛宴。扑在甜蜜上的虫子如此密集,竟覆盖了树皮。蹲踞在中间的,是一只黑亮黑亮的巨大独角仙。它的上方,是一只扛着大角的鹿角甲虫。十来只带斑纹的灰色夜蛾,有的小幅度颤动翅膀,在树干上爬来爬去,有的发出嗡嗡的振翅声,徘徊在周围,有的像叠罗汉一样争抢蜜汁。当手电圆圆的光圈改变了位置,它们的集群突然膨胀起来了,即使在光线照射不到的黑暗处,我也能看见它们闪闪发亮的复眼齐齐盯着我看。在群虫的缝隙间,一群多足的蚰蜒高速流窜,动作之迅捷让我起了一身鸡皮疙瘩,无数条又细又长的腿一齐运动,快得只留一道灰色的影子。几只蛾子不要命地朝着光亮飞扑过来又飞走,在我手上蹭下鳞粉,手电筒的光圈稍稍移动,蛾子的集群再次膨胀起来,像极了妖魔鬼怪。

我哪里还顾得上捕虫,狼狈逃窜还来不及,出林子的时候被树根绊倒,手电筒也掉进草丛不见了,我摸索着找到了它,气喘吁吁地沿着田间小道奔跑,从精神病院围墙边跑过,望见自家灯火时,才停下脚步喘口气。依旧病弱的我狂奔之后,心脏就像被人狠狠拧了一把似的痛。

家门口停着一辆汽车,很眼熟,是自家的车没错。我一边调整呼吸,走近那辆车。"是少爷呀?"司机正擦车窗,看到我一身脏乱,吃了一惊,"又去抓虫了?晚上还去,太上心了。逮到什么虫子了吗?"

我心不在焉地摇了摇头,反问他:"谁来了?"

"这个嘛……"司机含糊其辞,"少爷快进去吧,小心挨太太骂。"说完继续擦玻璃。

踏进家门,感觉气氛有些慌乱,我把网兜斜靠在门边,走廊下刚好撞见换好衣服从房里出来的母亲。从她的口中,我得知了奶奶的死讯。我一点都不觉得难过。我和奶奶压根儿就不亲,再说我还小,不懂死是什么。

奶奶老早就卧床不起了。去伯父家的时候,我必须去问候奶奶,完事了赶快跑开。问我怎么这样?我站在房门口问候"您好",她几乎没有反应,一头白发铺在枕头上,嘴里嘟囔着什么,绝大部分是听不懂的。我还记得女佣扶她坐起来,喂给她果汁,她呆呆地坐在太阳底下望着一处出神……

奶奶的周围，仿佛有一种特有的、无法言说的气味。有一回，女佣人指了指自己的脑袋，笑着跟我说："奶奶呀，这儿不太好。"事后父亲告诉我，奶奶因脑溢血去世。

那天，我就把母亲的话当耳边风，进了自己的房间，从肩上取下毒壶，这才想起毒壶里有一只步甲，去麻栎林的路上抓到的。大概是毒壶里的杀虫剂年久失效的缘故，那只古铜色的步甲没死，依然轻微抽搐着。我把虫子从毒壶里取出放到桌子上，神经质地集中精神，把注射器里的酒精注入虫子体内，步甲的六条腿颤抖起来，不久便缩成一团，不动了。

母亲仿佛在等待这一刻似的，她叫我了。我把步甲的尸体扔进毒壶，发觉手指上沾了从它嘴里分泌出来的褐色液体，便胡乱在裤子上蹭了蹭，站起身来。

2

语言、文字这两样东西,到底有多大的冷却事物的作用呢?它所带来的忘我效果和距离感,想必是我写到现在的唯一动力。我开头说过,不能让这部手记沦为我的日记,殊不知自律很不容易。因为就在眼下的这一瞬间,正腐蚀着我精神的疲劳不是常人能够忍受的,而这一册笔记正默默地接纳着我的症状、我的不安,我真的想借此一吐为快。对我而言,笔记本几乎是一种甘美的诱惑。

这么说吧。夜半时分,在这间寒气逼人的房间里,我的听觉能够感受到接连不断的声响。像是物体轻微的摩擦声,又像是两三人的低声细语,我三番五次打开窗侧耳倾听,还是无法判断声音来自哪里。这是不是幻听呢?再说我的嗅觉,我曾不止一次闻到烧焦的气味,看看火盆,挪个地方再闻,都没能查明原因……不写了,回到手记上来吧,如果坚持写下去,我想我能够在不久的将来写到现在的生活。

话说回来,我没有足够的时间来追溯历史,我剩下的时间正不断地被吞噬,绝不是危言耸听,我的心被末日审判的恐惧所囚禁。人的精神的形成,取决于他所度过的全部时间,我不能不理会少年时代经历的那场战争,但是在这里,我还是决定跳过战争不讲,只写一句按语:战争的紧张气氛,对我的精神没有恶劣影响。

奶奶死后，时间过去了很久，发生了一场似乎永远不会结束的战争，之后迎来了沉闷的和平。从我上大学时算起，三年即将过去，再过一个月我就二十二岁了，只不过对于我而言，计算年龄又有什么意义呢？

父亲是大夫，我自然而然地接他的班。我读高中时父亲离开了人世，年纪不大的母亲不久也随之而去。我还是没有理由换一条路走。当医生不是我的理想，但也不觉得别的职业更适合我，只能说自己顺其自然地进了医科。听不听课看心情，实习松懈怠慢，只听有兴趣的课程——当一名医生的初衷却没有变。课余时间有的人刻苦学习，我则钻在宿舍，进行所谓的创作。

这完完全全是一种游戏，一种消磨时间的方式。就像别人热衷于跳舞和麻将一样，我写自己的故事，乐在其中。

小学时我在作文课上的痛苦经历就像是做梦，如今的我不受时间限制，得以自由发挥，想写什么就些什么，与生俱来的想象力就像脱了缰的野马，一路高歌猛进。别以为我在写小说，我写的是童话，不大适合给孩子看的童话，因为太离奇了，但它的确是童话，所以不如叫它"戏话"吧。妖精、妖女、鬼火，各种超自然的动物竞相登场，笼罩尸臭的灰色岩石山，浓稠的雾霭覆盖于中世纪炼金术师的工坊上，耳边传来炼金术师毫无意义的可怕念咒声……

就像孩子一门心思玩积木一样，我把全身心放在了堆砌各种词汇上。老天赋予我的神经以丰富的感性，它每天被磨砺，敏感得近乎病态。语感、文字的色泽、语言的组合方式所带来的微妙差别，我全都能够分辨（至少我是这么认为的）。如果有的文字过于损害视觉美，我常常用自创的汉字代替它。

有时，我工作起来冷静至极，但更多的时候是冲动的、草率的。本来就是游戏嘛，很正常。我曾经给一个故事涂抹上暗白色，暗白色特别吸引我，它是刚蜕壳的幼蝉的颜色。在这个故事里，任何带有不和谐颜色的文字都被我排斥，字里行间或飘荡着苍白的阴影，或闪烁着点点微光，效果非同凡响。儿童习作般的作品完成之后，我满足地眯着眼，沉浸在文章所呈现的幻影里。还有一种颜色会刺激我，大片的红色，在另一个故事里，遍体通红的巨大蛞蝓慢吞吞地蠕动，可爱的宁芙女神被大卸八块，淹没在血浆里。

那段时光，除了被轻微的失眠症和疲劳感所困扰，我过得散漫而快乐。一个人面对着优质的稿纸，玩我的创作游戏之外，我还看口碑不错的电影，阅读有情调的文学作品，参加演奏会，以此提高自己的欣赏能力。忘了交代，我是独生子，父亲的遗产由伯父管理，奢侈的生活自然谈不上，但足够支付我从上学到立业期间的开销。不寄太多希望于人生，也不参与人们充满热情的生活，只是不断充实上天赐予我的感性，与此同时享受这个世界——这，难道不是所谓的幸福吗？

我经常逃课，躺在校园的草地上无所事事。我会拨弄着草的叶子，发现一只漂亮的甲虫，这种甲虫曾经是我的藏品。我把它放在手心，看着它翅膀上的花纹出神，消磨时光。这种时候，我的脸上必然镌刻着忧郁的微笑，虽然忧郁，但离幸福不太远。小虫在我的手指间艰难地运动着肢体，我把玩许久，把烟气吐在小虫身上，又把它放回草丛。甲虫的形姿渐渐变成奇怪的样子，时不时出现在我的"戏话"里。

距今大约一个月前，一个晴朗的冬日，寒冷而坚硬。那一天是分水岭，从那时起，我本以为可以延绵千秋万代的安稳日子从根本上被慢慢颠覆了。

那天早上，我一如既往懒懒散散地去学校，发现十点的课已经开讲，我不想半道进去，就去学生食堂，在那里抄写笔记。

四下无人，我在食堂一角的椅子上落座，翻开从朋友处借来的药理学笔记。空荡荡的大厅没有生火取暖，我立起大衣领子，往手心哈了几口热气，不情不愿地拿起了笔。翻开的那一页上记录着局部麻醉剂可卡因的药理作用，我机械性地瞟了一眼。

"——急性中毒。摄入0.07克以上会引起急性中毒。症状是眩晕、不安、脸色苍白等等。如大量摄取，会失去感情。本人即使在呼吸，也没有呼吸的感觉，即使吞咽了东西，也觉得没有咽下去。"

当我读到"即使吞咽了东西，也觉得没有咽下去"这句时，我想起一部以富商家族为题材的长篇小说（哪国的我忘了）中的一个丑角。此人是整个富商家族走向衰败的最初征兆，他不仅精神有问题，还有向人详细描述症状的癖好。皱着鼻子，凹陷的眼窝里一双大眼珠子左顾右盼，他向早已听得不耐烦的家人倾诉：我身体一侧的神经比另一侧短，专家下结论了，动不动就咽不下东西，心想哎呀咽不下了，还真就咽不下了……他带给我的除了可笑，更多的是感同身受。

"意识浑浊。陷入睡眠状态。屡屡亢奋，伴随幻觉。"

这句话使我兴趣盎然。"幻觉"两字诱发了我的幻觉。我停下笔，走进自己的幻想世界，大概五到十分钟的样子，真的很短，忽然间回过神来，看见了自己——身体蜷缩在大衣里，左手插袋，右手握笔，呆呆地望着一处。起初，我的躯体像是在浓雾里，缺乏现实感，随后逐渐清晰，"我"的形象清晰地呈现在眼前。如此鲜明的幻觉突然消失，我不禁东张西望，看看四周。墙上的钟，指针距离十二点只有一步之遥，我慌忙揉了揉眼睛，心想钟是不是不准呢？正纳闷，四下响起正午报时的汽笛声。这么说来，我脱离现实将近两个小时，这期间梦幻占领了我。食堂里寒气逼人，我的心头也萦绕着丝丝凉意，不自觉地，脑海里蹦出几个精神病患的形象——鬼魅一般蹲在病房的一角，终日与幻觉为伴。

下午，我逃过一节课，决定去听精神科的临床课。靠前的座位早就坐满了人，我和他们保持距离，坐在阶梯教室的最高处，胳膊支着下巴，漫不经心地看教授和他的助手走进教室。教授（充满神秘感，冷冰冰的人物）在讲台上左右踱步，讲解精神分裂症的分类，有什么青春期痴呆型、紧张型和妄想型。告一段落时，他领进一个病人。

患者约摸三十来岁，脸上没什么血色，双颊消瘦，个子挺高，一头干枯的乱发，目光虽然暗淡，但鼻梁高挺，下颚峻峭，一副智者的相貌。他穿着厚实的棉袍，还是一副受冻的模样，双手挨着讲台一侧的火炉取暖。

助手朗读了病人的病历，紧接着教授开始对他发问："你叫什么？"

"中野圭一郎。"病人的回答毫不含糊。是他的名字没错。

"知道这里是做什么的吗？"

病人看了看，目光和盯着自己的学生相互碰撞，有些不知所措，低下了头。

"这里是哪儿？"

教授重复了问题。在我听来，这个重复是何等的残酷。

"这里呀……这里是……"病人吞吞吐吐。

"干什么的地方？"

"这儿……这儿人好多。"

他的回答引起哄堂大笑。我也随大流，发了笑，但没有笑出声。教授紧绷的面部肌肉有所松弛，以事务性的腔调继续提问：

"听说你发明了好多东西。"

这下患者就像变了一个人似的，直面台下的学生，原先的轻声细语演变成抑扬顿挫的演说，原先暗淡的目光霎时充满生机，双手不住舞动。那副神气活现的模样，就连坐在教室角落的我也看得清清楚楚。

"是呀，至今大概有四百来项发明吧。感谢各位对我的大力支持。我现在搞'人体氮气火药'，从毛发中提取，说到这个毛发呀……"

学生们面面相觑，交头接耳，教授果断中断了他的演说：

"对了，听说你自创了一门学问。"

"哎？啊，是有这么一回事，叫'天门现象学'。"

"怎么写？在黑板上写写看。"

病人慢吞吞地站上讲台，拿起粉笔，写了几个歪歪扭扭的大字。讲台下窃笑声此起彼伏。

"这个'天门'，是不是就是'天文'？"

"不对，就是这个。"

"你能给我们说说这是什么学问吗？"

"这么说吧。我画一幅画……不是我想画什么就画什么，是天上反射到纸上的东西，或者说，我听从天上灵魂的指派，在纸上摸，就画出来了。这个就是天门现象学。"

学生们乐不可支，笑得前仰后合。我的心情是哀其不幸、怒其不争，比起那帮同学，那位呆呆望着讲台下的病人更可亲。

一下课，我瞥了一眼忙着互抄笔记的同学们，径直走出教室，穿过校园，朝市中心走去。追溯着上午在食堂遭遇的异常幻觉，反刍着身穿棉袍的分裂症病人，不知不觉间，清澈透亮的天变成灰色，淡墨色的云在天边铺开。

我偶然发现一部以前口碑颇佳的外国电影正在上映，迷迷糊糊地买了票。今天是最后一场，我好不容易才找到空位置坐下，寒意很快从脚后跟蹿上来，使得我把整个脑袋缩在衣领里，目光投向了光影斑驳的银幕。

这是一部以酒精中毒患者为题材的黑白电影，风格灰暗。现在想来，没有比有害的东西更能吸引我的了。我天生不能喝酒，但当我看到被酒精所控制的人发了疯似的寻找藏在天花板上的酒瓶时，不由自主地微笑了，浑身打战。这是共鸣。后来此人症状加重，电影展现了酒精中毒病人收容所内的惊悚之夜——黑暗的病房中处处响起刺耳惨叫，非人非兽的大叫唤，再就是让病人吓破胆的诡异幻觉：巨大的老鼠东奔西跑，大群的蝙蝠前赴后继，携带着无数双邪恶的小眼睛飞来……沉重而压抑的音乐让观众的灵魂畏缩，极度不适。电影的高潮过去，我这才发现自己颤抖不已，仅仅是寒冷的缘故吗？

出了电影院，天已经黑了，手表显示五点刚过，而天已经全黑了。夹带着小雪花的冷风抽打着脸，我躬着背，低着头，看着脚下，匆匆地赶路。

路边有几家小吃摊，布帘子的缝隙间走漏出女人的撒娇声和男人粗哑的说话声。此时此刻，我恨自己滴酒不沾，我嫉妒那些一醉方休的人。我要去一家店，那里有与我交好的女人，但时间尚早，再加上我突然想起她说过的话，就改了主意，往住处走去。

路程不短。我拐进通往宿舍的小胡同，路灯照亮了结冻的地面，我瞧见一张扑克牌，正面朝下趴在地上，正要拔腿走开，突如其来的不安让我停下脚步，回头捡起那张牌。翻过来，是Joker，小丑脸颊两团红，咧嘴笑着，全身是泥。我随即扔了它，急匆匆赶路，好像身后有人追赶一样。

走了一段，我又停下，大脑的角落闪过一个念头：我的脑子，是不是出问题了？

就拿强迫症来说吧，病人觉得心跳有些快，就再也摆脱不掉这个念头，想方设法让心跳恢复正常，结果心跳越来越快，到后来，他连正常的心跳都害怕了。再举个例子，病人在大街上吐口水，觉得这样不好，提醒自己别再吐，可是唾液不断涌来，无奈之下不得不吐。

"我的头脑出毛病了？"自从有了这个念头，我不自觉地陷入强迫症式的思考：逐一考察每一段回忆，给它们定性。深陷其中的我，难以自拔。

刚才说过，女人的一句话我一直耿耿于怀，从此再也没去见她。关于这件事，我再详细说说。

上大学以前，我很轻易地上了女人的钩。怎么说呢？像我这个年纪的人，诱惑与上钩，很难明确界定。那个有夫之妇，有个肥头大耳的老公，吃喝玩乐从来不愁钱，而且有一身细腻的好皮肤。她非常热衷于调教年纪比她小一圈的年轻学生，同时试图将骨瘦如柴的我养肥。有一次，我和她走进一家脏兮兮的食堂，只有炒面可吃。大概是她为我特别点的，我没想到端上来的那一大碗炒面上满载着烤肉、肥肉片和香菇，我扒拉开配菜才看到底下的炒面，一下子没了食欲。

话说她在进食堂或者宾馆之前，都会快速瞧一眼街上的人流，然后大步流星地走在我的前头。每次我都觉得她的侧脸很美，犯罪的紧张让人更美。她那雪白丰润的皮肤让我的感官得到极大的满足。有时我看见她略带茶色的干润的血，就想看新鲜的血液滴落。但是，如果机会真的来了，我的怯弱会让我退避三舍。

来到这个城市后，我也可以用一种半是羡慕半是鄙夷的目光来看待那帮喝酒找女人的朋友了。有一次，朋友领着我去一家兼营酒吧和小饭馆的店，结识了一个年轻女人，不久就去她的家中过夜了。起初，我往苏打水和果汁里兑酒，硬着头皮边喝边等老板娘离开，一点酒精下肚就让我的心脏飞奔起来。她和同样在酒馆上班的姐姐生活在一起，姐姐下班很晚，常常夜不归宿。

刚满二十岁的她并不漂亮，脸蛋倒是娇小可爱。头颈以上的部分略黑，除去衣物后，一身生机勃勃富有弹性的皮肤一览无余。我让她平躺，雪白顺滑的隆起之物缓缓地吐纳着气息。我后来知道除了我，还有两人在她家过夜，相安无事。

就在几天前，她钻进被窝，用双手捂脸。我要拉开她的手，她从指缝间窥视我的脸，轻声说："你的眼睛好吓人。"于是我野蛮地一根根掰开她的手指。她哧哧笑起来，身子扭向一边："讨厌呀，你，你的眼睛像疯子一样。"一句再平常不过的玩笑话，让我失去一切欲望。我让她摆出幼蝉蜕皮时的姿势，也没用。

类似的话我听过不止一两次，平时只当耳旁风，如今再一次闯入我的耳膜。我和人谈话的时候，屡次望着毫不相干的地方出神，耽于幻想。似乎就在这种时刻，我的眼睛就会放射出诡异的光芒。

以前参加解剖课实习，我的面前摆着一块从人体内取出的暗白色脑髓，凝视许久。它原始而神秘，蜿蜒曲折至极的大脑皮层构造出浓重的阴翳，在尸臭的烘托下，营造出一种近乎奇迹的质感。在这皮层里，大约有一百四十亿个神经细胞，它们把各自的神经突触纠缠在一块。横陈眼前的这块脑髓里，藏着无数的神经中枢和传导通路，又藏着多少喜怒哀乐、悲欢离合的故事呢？精密到如此地步，庄严得略显可笑的脑髓，出些故障，闹些问题，又有什么好奇怪的？

我全身心投入创作中，熬夜成为家常便饭。每到夜深人静——时针与分针交叠、日历将翻过一页的时刻，头脑会脱离身体，蠢蠢蠕动，好像独立的生物个体。是不是夜半的灵气搞鬼？我时常产生一种幻觉：清醒到麻木的脑髓里，脑细胞相互拥挤，熙熙攘攘。每当此时，我会竖起耳朵倾听暗夜的静寂，仿佛听到人的低语，或是想象半面反射着太阳光的地球飞行在黑暗的宇宙空间中。

这种徒劳的亢奋，还有片刻不离嘴边的香烟，毒害了我的睡眠。躺下，熄灯，我翻来覆去。调一调枕头的位置，整了整被子，再次翻身，仍旧睡意全无。虽然不痛不痒、却比任何疼痛都难以忍受的失眠，似乎要抽干我的生命。不经意间，我和安眠药交了朋友。小小的药片有时无法顺利咽下，就在我的口腔中肆意传播令人极度不快的苦味，让我体味到一种无法言说的落寞——它似乎和某种忧郁的快感相通。

再过一会儿，我就睡着了，就像被拖进了沼泽。睡眠很浅，各种各样的梦层层叠叠，一个接一个地造访。大部分的梦色彩缤纷，睡着前的一瞬间，还残存那么一点意识的时候，我的眼睑上闪耀着五颜六色。半梦半醒间，我定睛观察过那到底是不是彩色。无疑是不悦的体验。生理组织实习课上用的载玻片时常出现在梦里。我没记错的话，观察对象是猫的肠壁标本。从大动脉灌入普鲁士蓝，再用洋红染色，标本就可以上镜观察了。所见之物历历在目：深红色的海洋，艳丽得恶俗，反衬出深蓝色的毛细血管……除此之外，我作品中登场的超自然飞禽走兽和人类，被普普通通的恐惧感所包装的噩梦，始终打搅着我的睡眠。

一觉醒来，我累得筋疲力尽。我的睡眠哪里是休息，简直让我疲劳到极点。脸是浮肿、苍白的，下眼睑是乌青的。

停止没完没了地罗列文字吧。

渐渐地，我不再相信自己是个正常人了。挑明了说，我害怕自己会发疯。

我有充分的理由害怕。翻出幼年时代的回忆，我终于参透了一件事情，就像悟道的女巫。我的奶奶，果真是因为衰老而痴呆的吗？我的理性告诉我，不是。还有我的母亲，年纪轻轻就丧了性命。我不再隐瞒了，母亲的死，是需要警察介入的非正常死亡。一天早上，家人们在一间充满了毒气体的房间里发现了母亲，她的胸口满是指甲的挠痕。没有发现遗书，但没被定性为过失死亡。

现实如此残酷，我还是继续着创作，因为写东西的时候，我可以忘记一切，但这个兴趣经历了时间的洗刷，超越了业余爱好的层次，而具备了工作特有的紧迫感。任何轻松快乐的游戏，一旦玩到极致，就会带来痛苦。即便如此，我还是继续做我的事情。期间，我对作家（我甚至感觉他们命中注定要用与"美"相矛盾的本国语言来写作）的生活也有了一知半解。

后来，我被一位作家深深吸引。他在我还小的时候就自绝了性命，他的作品带给我的是强烈的亲切感。有的作品中充满了深切的苦恼，有的作品里萦绕着沉重阴惨的死亡气息。阅读那些坚硬犀利的文字，我觉得自己迟早会掉进地狱的底层。对于我弱不禁风的神经而言，那是一种残酷的共鸣。他的病态精神世界澄澈而透净，迫近我的肌体，在我的眼前无边无际地弥散开来。

小说集的卷首，有一张那位作家晚年时期的照片，高耸的颧骨，掩盖怯弱的锐利眼神。这张瘦削的脸，我似曾相识，那是铭刻在幼小心灵中的那些病患的脸，历久弥新，始终摇曳在我的心底。而照片上的那张脸，可谓是那些病人脸的集大成吧。我相信自己见过他，他被严重的失眠所折磨，常常造访我家隔壁的精神病院（战争中毁于一旦，我家也是）。我的回忆营造出下面的图景：

精神病院的内门附近，我骑着一辆小自行车独自玩耍。停车棚一旁的灌木丛里，珊瑚木结出醒目的红色果实，我全速前进，靠近那些果实，便伸出手去抓。有时我会连珊瑚木的枝叶一起抓住，连人带车受牵连，差一点就人仰车翻。我一直玩着，一次又一次地冲过停车棚旁的灌木丛，忘了是第几次，看见一个身披鼠灰色大衣的男人走出医院，赶紧刹车，却因此失去了平衡，我不得不单腿支地以免摔倒。那人显得很不高兴，皱起眉瞪了我一眼，目光犀利得让我僵住。他快步走动起来，在大门口停下脚步，背朝着我，像是在深思。过了许久，他抬起头，迅速朝我瞥了一眼，与我四目相对时慌忙避开我的目光，以一种不自然的、笨拙的、似乎受人逼迫的步伐走出医院。"他怕我。"我还记得当时自己的感受。

其实，我没有任何证据可以证明他就是这个作家。但是我仍然确信，"他"就是他。我越看照片，沉淀于记忆深处的影像就越清晰，最后和照片上的人脸相叠。我不自觉地点了点头——他的母亲，不就是精神病患者吗？

我还是继续着我幼稚的创作。之前也说过，我只有在写东西的时候才能忘记一切。没想到……

没想到，这个游戏带给我的些微愉悦，也到了破灭的时候。

那一夜，我与往常一样，沉浸在那胡编乱造、却令自己热血沸腾的猎奇故事里。

起初，我描绘了如远古时期般晶莹透亮的蓝天，我写到了形貌端丽的山峦和湖畔，风雅的小镇，想象出梦幻般的宫殿、华丽的屋柱以及一群泛舟湖中的美人儿。平和清净的阳光普照万物，刚朵拉的船舷边波光粼粼。

写到这里，我点燃了香烟，陶醉于工作之后的慵懒，不经意瞄了一眼桌上的钟。那只是个平淡无奇的闹钟，眼下，所有的指针正好叠在"十二"上，好像它从来就只有一根指针，又好像其他指针消失了，似乎昭示着某种不可捉摸的命运。

心生疑惑的我倾听时钟走时的滴答声，观察分针何时离开时针。我突然觉得自己的行为很可笑，再次拿起钢笔，回到被美丽的空虚所装饰的世界里。

……究竟是什么影响了我？我的血液开始骚动，我的感官饥渴，它需要执拗的刺激，它需要毛骨悚然的魅惑。与此同时，我的笔仿佛被人控制，描绘出下面的一番图景：

全身暗白色的怪物挨个出现。它们那半人半兽的皮肤紧实而坚硬，阴影部分闪烁着鱼鳞般的闪光，虽然和幼蝉同样颜色，但颓废至极。怪物亮出獠牙，伴随着粗重的低吼声，一种特殊的臭气，略带药水味的熟悉气味从它们的集群蔓延开，天空因此而失色，变得灰暗低迷。怪物的大军雪崩一般冲进平静的小镇。妇孺的惨叫、建筑物倒塌的声音、娇艳的火舌、打着漩涡遮天蔽日的黑烟——地狱般的景象里，处处刀光剑影，鲜血喷洒到怪物们一张一弛的皮肤上，血流成河，在火光的映衬下熠熠生辉，无比美丽。

我已经化身为咆哮的怪兽、舔舐小镇的火舌、扭身倒下的裸女了。我的听觉接收到了另一个世界的喧嚣，我的嗅觉真切地捕捉到了四周蒸腾的臭气。这幅描绘无休止杀戮的画卷，将我压倒，让我绝望，麻痹了我的脑髓。我闭上眼，眼睑上残酷的剪影不依不饶地轮番上演，鞭策着我的亢奋，让我的狂乱升级。

累坏了，抬起头。我的脸，就映在眼前的窗玻璃上。不，这不是我的脸，毫无疑问是……我仿佛挨了当头一棒，不由得捂上脸。

眼下，我还能清楚地回忆起当时所受的冲击和恐惧。今晚我没力气写下去了，脑子的中心生疼生疼，好像要毁了。刚才我几次回头，因为我觉得背后有人悄无声息地站着，每次回头看都没能打消这个念头。今晚我要借助安眠药的力量，以求沉重的睡眠。明天醒来，我还能继续写这部手记吗？我害怕，窗外的暗夜让我胆寒。

今天又是乌云压城，正如那一夜醒来之后所见的天空。总之，我还是得以坐在书桌前，在笔记本上罗列细小杂乱的文字。我得抓紧时间了。

那天早晨，乌云低低飘浮，就和我现在所见的窗外风景一样。温润的大气沉淀于地表。我觉得发疯近在眼前了。爬出被子，头脑因睡眠不足而昏昏沉沉。急匆匆地换好衣服，我打算马上去给伯父发一通电报，还打算干脆硬着头皮去大学的医院看看病。但当暗夜散去，晨光（虽然说不上是晴空万里）铺撒于万物的时候，生命力在我体内复苏了。我，苦笑了。

我意识到老是待在宿舍不是个办法，再说我还得取钱，就给自己鼓了鼓劲，去学校了。进校园的时候，低着脑袋赶路的我被一个声音叫住，声音来自于一个与我擦肩而过的学生，他好像是学文科的，我只跟他交谈过一次。他扭过脖子看着我，说了些什么，我没听清，挤出一个笑脸点头致意。这个笑脸来得太自然，让我不安得很。我加快脚步，推开大学内邮局的门。

我把够花半年的钱存在邮局的银行里。由于钱是由伯父存进账户的，所以我这边一个月最多只能取三千。我问了问银行柜员，说能取三千五，我感觉像得了便宜，就取了三千五。花钱如流水，我究竟在想什么呢？

柜员飞快地清点钞票，看得我心烦意乱，赶紧把头扭向一边。墙壁上巨大的时钟指向正午十二点差五分。我九点前出的宿舍，都快十二点了？目睹时针和分针的交叠，会给我带来怎样的冲击？这个念头让我头昏眼花。我再次放眼，钟没有动，下方贴着一张写有"故障"两字的纸。为什么不贴在钟面上呢？别的地方都是贴在钟面上的嘛。还有，还有，为什么我起初没有看见这张纸呢？我接过大把的钞票，匆匆塞进衣服的内袋，走出邮局。

我正径直走出大学正门,和一个女人擦肩而过。她也许是土气的大妈,也许是妙龄少女。她就好像从舞台的后台蹦出来似的,在我眼前一闪而过,转眼消失在我的身后,以至于我没看清楚她的年龄长相。只有一点我能肯定,那便是她肌肤的色泽——类似隐花植物孢子的暗白色。

我的脚步迟疑起来,终于在校门一旁停住了,被一种不自然的纠结念头所折磨:明明害怕正眼看,却总想回头。突然,一个念头让我的脸瞬间变了颜色:此时此刻,我的姿势、我的心境,岂不与那位止步门边的作家如出一辙?

我撒腿大步离开那儿,络绎不绝的人流,尘土飞扬的马路,加剧了我的焦躁。求安静心切,我进了一家咖啡馆,找了一个最靠里的座位,点一杯咖啡、一盒香烟。店内环境柔和温馨,我慢慢平静下来。啜一口咖啡,缭绕于舌尖的极致美味让我无比安心,再抽出一支陌生品牌的外国烟点燃——呛得要死,才缓和的心情霎时烟消雾散,真是大煞风景。总是抽廉价烟的我对偶尔为之的小奢侈充满期待,所以一支难抽的烟会让我陷入极度的绝望。我被心头升腾起的焦躁和猜疑搞得头昏脑胀,环顾四周,看看这家眼下只有我一人的咖啡店。

一个色彩冲撞进我的视野。那是挂在墙上的一幅画,印刷品。画上,一位看书看累了的老妇人把视线从书本上移开,胳膊支着下巴。那本书的封面是浓烈的鲜红色,浓烈得阴险毒辣,我从中感受到某种恶意。

莫名的逆反心理油然而生,我一口气喝光咖啡。就在咽下最后一口的瞬间,我感觉嘴里有虫子,一口吐在地板上，却怎么也找不着它。倒是我吐出来的液体呈现出人的形状——莫非是昨晚出现在我笔端的怪物？

我下意识地离开座位，手探进大衣口袋拿钱买单。一阵钝痛袭来，近乎被重物压迫的疼痛。眼望痛处，手腕内侧有一处我从未发觉的伤，黄色的脓从糜烂的皮肤间渗出，什么时候的伤？为什么连化脓了都没察觉？

店内的留声机放着音乐，唱片可能磨损得厉害。熟悉的四重奏。谁的四重奏？我想不起来。

入夜，我在宿舍包扎手上的伤口。先用双氧水消毒，再仔仔细细地涂抹红药水，然后贴上涂有软膏的纱布，最后吞下四颗防止化脓的磺胺药片，耗时良多。用药给我一种近似忧郁的、被侵蚀的快感。

寒气愈盛，夜更深了。我仍然顽强地保持清醒，抱着小小的火盆，不停地尝试想些事情。可是想什么呢？总是不明确。疲劳感终于降临，重重地压在我的身上，我又想吞安眠药了，又想到昨晚和前天晚上都用了药，赶紧打消了念头。现实情况是，我虽然累得像一摊烂泥，躺下了还是睡不着。

远处传来狗叫声。这声尾音绵长的狗叫消逝后，夜色更浓了。烟灰缸里，未灭的烟头点燃了我处理伤口时使用的脱脂棉和纱布片，扑哧扑哧一个劲儿冒着腥臭的烟。

现在的时间是深夜一点多。我的这部手记终于接近尾声。虽然千疮百孔，缺漏无数，形式上也不完善，我总算把产生那个念头（"把自己的遗书写进手记，传给后人"）之前的事情都写下来了。熬过来了，连我自己都觉得很不容易。从那天开始，连续五天，我一直承受着无以言表的不安和一些邪恶可怕的念头，坚持写这部手记。"趁我的大脑还没失常，赶紧！"——紧迫感和焦虑剥夺了我的睡眠和活力，虐待着我本已受损的神经。最近几天，我多么想翻开深藏在书架角落的精神医学方面的书，好好读上一读。关于精神医学，我只是零星听过几次课，没有任何专业知识，和外行人没什么区别。可是，对于从小闻着疯子气味长大、如今自己也快疯了的我而言，看书的意义何在？别的不说，如果阅读导致我对发疯的畏惧进一步升级，那么这部手记必将夭折。就好像吸毒者努力排斥毒瘾，我也在抗拒这种诱惑。

不管怎么说，当初的目的算是达到了。我现在能够享受到一种不透明的安宁，仿佛一直沉到了沼泽底部。我不怕发疯了，也无意跟前来毁灭我的无形力量继续拼斗下去。我在等待，等待着给我带来一切苦恼的脑细胞磨灭的那一天。

我还能指望人生什么呢？我从人生中找到了什么？滑稽与悲惨。滑稽与悲惨——这是一句大洋彼岸文人笔下的话。这不，我已经看穿了。人的一生无论披着怎样的外衣，不管怎样地欺人耳目，都逃不出那句话。我鄙视众多生活在愚蠢的和平中谈笑风生的健全者，尽管有那么一丁点羡慕，我还是看不起——不，憎恶那帮瞎了眼的自欺欺人者。

告白自己的厌世心理不在计划之内，现在看来不得不提。很久以前，我的那份虚无感，随着感官异常的逐步加剧而萌芽，继而发展壮大。许多年前，我读过一位哲学家，一颗伟大得吓人的头脑所撰写的书，书中详细论述了生与死，洋溢着对死亡可谓赤裸裸的亲近感。这么说吧，这些年我活着的意义就在于：寻找否定那个坚不可摧的理论的钥匙。最终，我没能找到，我没能找到必须活下去的根据（仅仅是对于我个人而言）。

爱？你说我爱谁呢？如果我所见的就是所谓的爱，那么"爱"一文不值。我没有爱过什么人，也可以断言将来不会爱上谁。只有一点，我对语言的冰冷情感，倒说不定是爱（或者是近似于"爱"的东西）。出于这份情感，我不会自寻死路。

再过一阵子，我大概就是个废人了。幻听扰乱我的行为，妄想扭曲我的思考。一个月后，我就二十二岁了，又是数字的重叠，我从中感受到意味深长的命运。不过，我已经下定决心，我会竭尽全力精确记录我身上发生的最后症状，直到我完全迈过正常人和疯子之间那条并不明确的分界线。我不懂为什么要这么做，很可能类似于我小时候爱玩的那些小小节肢动物的本能。

我要用剩下的时间继续写这部手记，直到我的大脑完全失常。我被关进精神病院后，医生大概会把这本小册子从我手中拿走吧？那时，我大概已经忘记了它的内容，呵呵傻笑着。

我想给这部手记起名叫《狂诗》。"狂"，顾名思义，疯狂，一个让我感受到暗白色和血红色的字，"诗"字也许改成"史"字更为贴切，但"诗"更有"死"的意味。分裂症患者是孤独的，他们住在另一个我们无法理解的世界。谁能懂得所有的形象和知觉是如何在那个世界沉淀，形成意味深远的、独创性的东西呢？我想象那个世界里诗歌的色彩，美得令人毛骨悚然，美得不可思议，而它们的母体，任何时候都是"死"。

我还会用几天时间（说不定只是接下来的三个小时）继续写。其中的痛苦是别人难以想象的，写作本身已经给我带来巨大的痛苦。长久以来培养形成的对语言的洁癖，迫使我以一种古代雕刻般准确无误的文体，尽可能地把这部手记写得更加精致。这是我仅存的虚荣。可惜我的大脑已经无法满足我的要求了，想到我最后的几句妄语要用粗糙而丑陋的文辞写下，心里真不是滋味。

即便如此，我也会继续下去，一如狩猎蜂的本能。我以前在书上读到过，也实际观察过：狩猎蜂捕捉青虫埋进地下，把卵产入青虫体内，后来它年老体衰，失去产卵能力，仍然继续捕捉青虫。雌蜂们扇动残破的翅膀，捕捉猎物，用痉挛的腿脚刨土，费劲地把青虫拖进坑里，再一如既往地将已经报废的产卵管扎进虫的身体——本能支配着老蜂的一举一动，清清楚楚地展现在我的眼前。

3

我该怎么写下去呢？

总之，我处在一个混乱不堪的境地。心底喷涌上来的是难以忍受的空虚和火热灼人的自嘲。我有一种冲动，恨不得把这部手记撕个稀巴烂，扔得远远的。

但是，我还是坚持如实记录发生在自己身上的点点滴滴。告白一切，算是对自己负责吧——自白不如说是自虐，伤害自己直到恶心想吐，践踏正待宣泄的厌恶情绪，为的只是体味唯我独尊的心境，哪怕再多一秒也好。或许，语言自身的冷酷力量已经让我臣服，正发挥着它那无法抗拒的冷却机能。真是这样的话，我只能安静地坐等审判了。

事情发生在昨天。班上有两三个勤奋的好学生，虽然没到参加实习的时候，听说有学长在大学医院的精神科病房供职，就计划去那里参观。我碰巧在场，笑了笑，自然而然地随了他们。自从那个可恨的夜晚，我一站在人前，就会不自觉地面带微笑，就像戴上了一副面具。其实，那一天我是去学校咨询办理休学手续的。对精神病人的记忆已经模糊，因此我希望能借此机会，在别人还当我是正常人的时候，一窥精神病人的日常生活——而我，距离这种生活也不远了。

精神科的病房和其他病房不在一起，是独栋建筑，外观更像是一座郊外的精神病院。长长的暗白色石围墙上布满了掉了叶子的爬山虎,走进大门回头看,石墙的下部也是。绵毛密布的藤蔓蜿蜒如蛇。为什么这种地方必定有爬山虎?莫非此地特别适合它们生长?

一干人等在看护室借来了白大褂。换上这一身白色装束,方才嬉笑打闹、丝毫不懂人类深邃的那帮学生,也有了学者的风范,令我百思不得其解。一个医生拿着几支试管走来,每支试管里都装着五毫升的血液,有的浓稠得发黑,有的吸收从窗户射入的光,呈现鲜亮的红色。排列在试管架上的血液充满诱惑,我真想把它们混合起来,配兑出自己喜爱的颜色。

踩在石头台阶上,脚步声冰冷而落寞。医生敲了敲铁门,门的另一边钥匙串银铛作响,门打开后我们被引入一条走廊。沉重而压抑的空气中飘荡着此地特有的气息,我呼吸着,满心怀念。走廊的一角,一个男人正望着窗外,他的身旁,身穿破衬衫的男人来回走动,若有所思。一切的一切,仿佛是昨日重现。

医生带领我们参观病房,为我们介绍那些我们可能感兴趣的患者。

"怎么样?还能听见声音吗?"

"呀,最近这两三天听不见了。"一个胡子稀疏、眼神和善的患者回答道。他似乎对医生的提问没什么兴趣。

"怎么就听不见了?"

"呀,这个我也……"

下一个床位,中年男子热情迎接我们的到来。他是酒精中毒,喝起酒来一发不可收拾,连续豪饮一个星期,据说有幻听和幻视。医生说此人可以归为酒精依赖症，从症状上来讲，类似于震颤谵妄，一边说一边让病人张开哆哆嗦嗦的手掌。

大家都去了下一个病房，我留下来和他再聊了一阵。酒徒往往是自来熟，他就是典型，主动和我搭话："您是新来的大夫？"

我用力摇了摇头，忍住羞愧，问他："有没有看见过老鼠？"

"没老鼠。猫常来嘛。倒是虫之类的东西多得很，你看，墙壁上有斑点吧。它会动，基本上是红色的。"

"红色？"

"对。还有更瘆人的呢，有的时候听见人讲话，受不了。半夜三更的，大伙儿都睡了，我听到有人小声说话，起来开门看看，没人呀，最近才搞明白。那天声音清楚得很，我起来东找西找，最后发现是水管里水流的声音，跟人说话差不多。真他妈的，烦死我了。"

我在走廊里又和两三个病人随便聊了几句。一个人中途突然闭嘴，眼睛不安地瞟来瞟去，显然在倾听某处传来的虚幻声响。另一个人见到我就笨拙地鞠躬行礼。自己明明离这种生活不远了，还披了白大褂被人当做医生看——这个念头一半变成自虐的快感，我陶醉其中。

接下来我们去了女病房，大概女病人们都过着远离梳妆打扮的日子，所以比男病人更像疯子。而且这里的每一个病人，都与我早年见过的那些疯子有着微妙的相似之处。

我被领到最靠里的一个大房间，不禁在门口站住了：屋内有一群人，分辨不清是男是女。仔细看，原来是一群脑部动过手术的女人，都剃了光头。红色的病服，光亮的脑壳，很是奇特。有人傻傻地笑着，但不出声音；有人蜷缩在墙角，纹丝不动；又有一人悄悄靠近，以一种空洞的、深不可测的眼神盯着我们看。这间屋子住的，全是衰退期的患者。

我感到寒意。老实说，那个时候，我真的害怕加入他们的队伍。走出房间的时候，身后传来高亢的笑声。回头看，一个瘦骨嶙峋、脸色灰暗、光头上长出少许毛发的女人正招手让我过去。我背过身，赶上了同伴们（我所鄙夷的正常人）的脚步。

那一晚，筋疲力尽的我没有像往常一样翻开笔记本，咽下安眠药后钻进被窝。

——拂晓。

我从一开始就认定这是梦，却无法挣脱。

朦朦胧胧的风景，相互交织纠缠，混沌状态持续许久。像人的，像兽的，一幅幅色彩斑斓的剪影，出现，摇曳，而后消失。

过了一会儿，眼前赫然出现一幢熟悉的建筑物，那是我家隔壁精神病院的隔离病房。我（又像是院长儿子）也在里面，隔着铁窗格和一个病人聊天。铁窗内的面孔是陌生的，额头宽阔，嘴很大，一侧脸颊上有陈旧的伤疤。他跟我说些什么，我一句也听不清。他突然伸出舌头舔嘴角，那条不明生物一般蠕动的鲜红舌头印刻在我的视网膜上，我像是受了召唤，靠近他，对方从窗格间探出钩子般瘦削佝偻的手，我握住它，仿佛抓住一只爬行动物，又湿又冷。我被拽过去了。

回过神来，我在病房内部。四周站着一群人，不辨男女，对我漠不关心。我心生被人抛弃的寂寞感，与他们对话，话语好像被一堵无形的墙壁所遮挡，无法传达。有几个人，几个肤色灰白的裸体者，默默地把我包围，直愣愣地瞪着我，一言不发。我看了看他们，他们脸上只有一对黑洞洞的眼睛，没有嘴，也没有鼻子。我出于恐惧，拼命奔跑起来，腿脚却只能像慢镜头一样缓缓运动。他们的手伸过来了，搭在我的肩上，感触恰似冷血动物的皮肤，异常冰冷。

一声惊叫吓醒了我自己。一身黏糊糊的冷汗。刚才那一瞬瘆人的接触，现在还明晰地附着在我的皮肤上。

天快亮了。微光从窗户射进房间。我仰面朝天，张大眼睛，望着天花板的木纹，乱作一团的脑子反刍着刚才的噩梦。我越是努力回想梦的情节，记忆就越是支离破碎，从边缘部分开始土崩瓦解，越发乱七八糟。

我伸出手去，拿起枕边的笔记本，翻到后面的空白部分，试图记录下噩梦的残像。我趴下，开始堆砌文字。这一提笔，才注意到忘了汉字的写法，很受打击，不得不再次伸手去拿辞典。本来，写备忘用假名也行，可我就是无法忽略文面的平衡，光写假名，我是万万做不到的。

闷闷不乐地翻阅辞典，偶然看见"狂诗"词条。一直以为"狂诗"是我自创的词语，所以这个发现让我方寸大乱，赶忙看下面细小的解说文字：

"谐谑的诗。平仄、押韵等均依正体诗，但造句则依和训①,使用俗语。"

我一时吃不透这句话,后来终于理解,呆若木鸡。我的注意力始终放在"狂"和"诗"上,从未从常识的角度考虑过"狂诗"的含义。

我该如何表达我的心理呢?我从来没有被语言这样欺骗过,从来没有被我自己这样欺骗过——不如说我竟然自欺到如此地步。可能费劲口舌别人也不明白,总之这是一次颠覆性的打击,茫然自失之后,我的表情肯定是哭笑不得。

我个人赋予了极度悲情的"狂诗"两字,只不过是狂歌②、狂言③的近义词罢了。而狂诗的本义,又恰巧十分契合我当下的状况,再也找不到更贴切的形容了。我心底涌出难以抑制的自嘲和自暴自弃,有人能够理解这种愚蠢的心路历程吗?我反倒希望我出的大丑能够阻碍人们去理解。讥笑自己丑态的,我自己一人就足够了。我和其他人不同,这让我自豪,而非自卑。这份与众不同,不是因为我情感丰富,而是源于我的虚荣心和自卑感,源于我头脑中"天才与疯子"的观念——其实它比世俗更加浅薄。

这个世界上的悲惨与滑稽无论有多么相似……算了,我还是就此搁笔吧。

几天时间过去了,我再码几个字,写完了事。

那件事发生后,我一直像虚脱了一样。别以为失眠和恼

---

① 日语里的训读。
② 日本以滑稽谐谑为宗旨的短歌。
③ 一种日本传统表演艺术。

人的神经错乱远离了我，夜夜造访的色彩漩涡比以前更折磨人，我的记性越来越差。但是，那又怎样？我再说一遍，那，又算得了什么？

这句话其实更适合板着脸憋在心里嘟囔，比用文字写下来好。语言，特别是用文字来表达的语言，应该更加坚硬，更加锐利，更加具备不可抗拒的质感才对。我不能预见将来我能活多久，但是有一点可以肯定，我将不再写任何形式的文章。

长此以往，我大概会习惯于自暴自弃，习惯于行尸走肉的生活，习惯于导致可怕迷幻的失眠。运气特别好的话，我说不定还能过上平庸、呆板、安宁得让人发困的生活——所谓的幸福，也有可能眷顾我。那时的我，可能生活在普通人的社会，也有可能在精神病院，在哪儿都一样。

但最后，我还是要写上一句：

那，又算得了什么？

为助叔叔

1

自明治时代末期到大正时代，创立木岛医院的木岛李助可谓名声在外，人人都知道他是浅草的开业医生。听人说，李助的本事还真不小，诊断准得八九不离十。内科是李助的本行，然而对于那些本行以外的病患，他照样来者不拒。某人不知身患何病被带来诊治，李助不以正眼视之，而是凝视天花板一角，喃喃道："嗯……这病啊，怕是没得治了。"该病患便另请高明，结果仍然难逃一死，邪乎得很，这自然助长了李助的名声。

李助没有博士学位，上了年纪后远赴美国，在某个鲜为人知的大学搞了个博士学位捎回日本，顺便炮制了一册名曰《最新治疗学提要》的精装书，给人感觉颇有些来头。李助凭借着他的八字翘胡子、美国捎回来的博士学位、白纸黑字的大部头医学著作，使得患者们对他信任有加。

大正末期，木岛李助一举买下玉川铁路沿线的一块荒地，三下五除二，建了一所可谓引领当时风气之先的现代化新式医院。此举实属冒险，坊间颇有微词。后来医院附近通了小田急铁路，住宅增长了几倍，人们不得不服此人洞悉未来的火眼金睛。关东大地震后，李助位于浅草的房产化为废墟，他立刻派遣亲戚赶赴东北老家采购建房用的木材，其远见卓识彰显无遗。靠贩卖木材得来的一笔数目可观的钱财，李助不仅还清了当初建医院时欠下的债务，还扩建了与新医院相邻的自家房宅，一年大似一年。话说回来，取得如此成就，李助的过人才干和好运气固然功不可没，其实他那几个儿子也在功臣之列。他们个个是救死扶伤的好手，奋战在医院的最前线，李助退居二线，落得清闲。他命令家中男女老幼称呼这所基础业已坚实的医院为"大木岛医院"。干杂活的老仆昏聩，硬是给它再添一字："大木岛大医院"。李助大喜，大腿一拍，当场给老头儿加了薪水。

李助早先便有宏愿在胸，凭一己之力成立一个综合性医院，且院中医生皆是家族中人，外人一概不录。他和妻子阿房膝下共有子女六人，按李助的规划，长子为一当内科大夫，次子为次当外科大夫，三子为三当产科大夫。李助给大女儿招来个大夫女婿，此人专攻耳鼻喉科，后来竟死于专攻的疾病——咽喉结核，让人哭笑不得。二女儿本应嫁作医者妇，然而她沉迷于流行一时的交谊舞，竟跟一个挨千刀的不知名舞蹈教师私奔了。这件事恨得李助牙根痒痒，震怒之下定下家训，家中所有人不得接触所谓的交谊舞，甚至封杀了"舞"字在木岛家族语言中的存在。

制定家训乃李助之拿手好戏。他以炒股为乐，股票暴跌之后，便严禁家人炒股，直到孙子那一辈；李助收集起古董来，为赝品所蒙骗，便严禁家人有个兴趣爱好什么的，直到孙子的孙子辈……总之动不动就搞个什么禁令。李助上了年纪，身体虚弱，便召集儿女至膝前，重申三大纪律：不得从事经营医院以外的事业；世代从医，贯彻至孙子的孙子的孙子辈；木岛家族一干人等，人人需独善其身，规规矩矩地过日子。说句实在话，木岛家族的老大、老二、老三跟他仨的老子比起来书生气得多，眼下木岛医院的业务已经步入正轨，三人显然比喜好故弄玄虚的李助更适合经营医院。

最后，李助训示没什么出息的小儿子（他明年上大学）："你也得当医生，当内科、外科、妇产科以外的医生，对了，皮肤泌尿科怎么样？"

李助的小儿子名叫"为助"。李助给木岛家族的老大老二老三分别起名"为一""为次""为三"，到了第四个儿子，李助放弃了编号命名法。为助不像几个兄长，天资有限，不招老爷子待见。看李助的表情便知，他不对这个儿子抱有多大期望，只是朝他看了几眼，摇了摇头。不久李助归西，时年七十一岁，他在遗言中强调："就说享年七十五岁！"第二年，为助上了大学，进了农学专业而非医科。他辩解道："反正我脑子也不灵光……"——时值昭和时代初期。

木岛医院的规模与日俱增，想当年李助在此地兴业时，四周还是水田和森林。不久后以玉电和小田急车站为中心，住户渐增形成城镇，其中的任何一根电线杆上都写着木岛医院的名字。透过小田急列车的车窗，乘客们望见木岛医院长长的围墙和围墙后的建筑物。旱地上立着一块大得莫名其妙的铁皮广告牌，受大广告牌的影响，作物长得细长纤弱，田地的主人自然向木岛医院征收用地费，换回一点损失。

木岛医院的门柱像拉长的石臼，上头镶着一块刻有医院大名的黄铜板，令见者肃然起敬。如此大排场大手笔皆是李助喜好，就连门前供人上下车的台阶、医院大厅的前台都造得齐齐整整，无一处不体现李助的家训。大门呈高塔状，顶端立着一根铁棒，并非避雷针。李助尚在人世时，他打算在铁棒上挂起木岛医院的旗帜，然而直至李助过世，院旗仍未成形，铁棒任凭风吹雨打。来医院的人见了大门顶端那根不知什么用意的铁棒，也会敬畏三分。

李助的遗训完美地整合在长子为一身上。为一脱却了父亲身上浓重的投机者味道，浑身上下端正严整，无可挑剔，一身白大褂清洁无比，因为上浆过度而硬挺僵直，远望如稻草人一般。父亲的八字翘胡他是没有的，只留了一撮精修细剪的仁丹胡。为一穿着拖鞋视察病房，拖鞋击地发出有节奏的啪嗒声，患者大老远就知道院长来了。下班回家，本应放松身心，为一却在书桌前端坐，身体与书桌平行，拿起报纸看起来，翻页、折叠，每一个动作都有板有眼。甚至连擤鼻涕的纸，他都要叠得方方正正，给人以美的享受。总而言之，他这个人尽管无味无趣，但为人一丝不苟，规矩方圆了然于胸，胜任木岛家族的代表百分之一百二十还有余。不知李助是否泉下有知，木岛家族繁衍出的后代几乎全是这等人品。为次、为三虽然没有长兄般严谨，但也差不到哪儿去。兄弟三人的妻子姿色平平，做起事情来却丁是丁卯是卯，得力得很，生起孩子来同样快速高效，连珠炮似的一个接一个。

这里有一个例外，那便是李助的小儿子为助，权当是家门不幸了。不管是从遗传角度考虑，还是从成长环境研究，都让人匪夷所思，为助的成长经历可谓特例。他自小爱提问，问个没完没了，是个毛病，家里给他治了，不见起色。他还常把大量糖果塞满嘴，以至于无法说话，于是家人给他定了性：这孩子不正常。玩具什么的，统统拆毁抛弃。小学毕业那年的暑假，学校布置了采集动植物做标本的作业，他这回倒是没轻易放弃，而是一反常态，猛烈收集起虫子和草木来，上了中学还不收手。家中意见分成两派，一派认为他对待工作满腔热情，另一派认为这是李助老头子严令禁止的"兴趣爱好"的苗头，理应打压。随着时间的推移，为助的采集欲渐长，发展到惊人的地步。有一回，他为了采集步行虫，在多摩川的河堤上刨土寻找，竟足足刨出三十来米，现场一片狼藉，直致家人被警察传讯。打那以后，声援为助的舆论便绝了踪迹。随着年龄增长，为助的所作所为常惹一家上下蹙眉。如今，他不逮昆虫了，转而逮起了女孩子——总想把捕虫兜罩在女孩子的脑袋上。这种勾当相当合其脾性。全家上下总动员，劝他改邪归正，结果徒劳无功。

且说木岛家族一干人等的相貌不登大雅之堂，身形以矮胖为主，仅为助一人身材高挑，微黑的脸上立着犀利的鼻梁，眼窝下陷得恰到好处，外表俨然一介成熟好男人。他在女孩子中间相当吃得开，把家人的说教当成耳边风。他去咖啡馆，一次就叫上一打啤酒。此外，为助极度厌恶他的名字，在名片上印下罗马字"T.KIJIMA"，分发给女孩子们。女孩子们并非是一张名片可以取悦的，这让为助伤了一阵子脑筋。台球也曾牢牢吸引了为助好一阵子，他自称二度问鼎日本关东地区学生台球赛冠军，是真是假无从知晓。学业方面，不用说，一塌糊涂，不及格两次三番，木岛家族严肃的心脏因震怒而颤抖。为助不为所动，他压根儿就没把木岛家族的心脏放在心上。

某个时期，家中有人察觉为助和自家医院的一个护士之间有暧昧关系。丧夫不久的阿房在屋外待到深夜，午夜时分，发现了悄悄溜回家的为助攀爬水管进自己的房间，愕然失声，一把拉住他的脚不撒手。为助被抓了个现行，把一只脚上的鞋子留给了母亲，老鼠似的哧溜哧溜逃跑了。那只鞋头尖尖的，是小羊皮的高级货。

大学三年级时，为助捅了大娄子——跟一个就读于教会学校的女学生相伴出逃。八卦小报嗅觉灵敏，到木岛医院敲竹杠。这回为一化为愤怒之鬼，当时的他名于实都是木岛医院的院长，深知肩头上扛着的是木岛家族的身家性命，

十天后，为助被带回家，一副死猪不怕开水烫的混样。为一盯住这个比自己小十几岁的小弟，目光炯炯，一直没开口说话，沉默时间长得让为一自己也觉得有些不自在。眼前的人没什么反应，无奈之下为一先开了口。

"为助，你知道今天是什么日子吗？"

"知道怎样不知道又怎样。"为助不以为然，"今天不是父亲的忌日么？"

为一哼了一声，沉默了三分钟之久，待到其规整的人格回归大脑，他又开口了，"行了为助，我们好好说话，你也不是干什么事情都不经过大脑的。我们好好谈一谈。"

"我在好好说话呀，"为助说，"不过大哥，这事我不想再谈什么了，大哥您是好大夫，谈这档子事不合您的身份，再说您对这件事一无所知。"

"你说什么！"为一动了怒，咬住嘴唇，气得青筋暴突。

对于为一来说，保持外表上的一丝不乱是他的头等大事，这自然影响了舌头的灵活运动。嘴笨的人容易抓狂。不一会

儿，窥视事态发展的仆人听到了为一发出振聋发聩的怒吼，整间房子几乎要在声浪的冲击下灰飞烟灭了。

"快滚！"木岛家族的掌门人咆哮道，"你这种东西趁早死掉烂掉！警告你，别在我眼皮底下干给木岛家脸上抹黑的事！要不然我饶不了你！"

为一终究还是没有把不争气的小弟赶出家门。事后，为助并未痛改前非，反而变本加厉，将胡作非为进行到底，以致大学毕业比同龄人晚了好几年，其为人处世更加为人所不齿。家人痛感此人无可救药，听之任之方为上策。毕竟木岛家族全员井井有条、规规矩矩，如何对付为助这号人物，打死他们都不知道。

被家人厌弃的为助反倒落得耳根清净，天下终于太平了。其烦恼无外乎他的名字——为助。他本人对此极为厌恶，厌恶甚至波及给他起名的亡父。家族中，为助的异端者身份逐步明朗化，家人亲戚直呼其名，东一个为助西一个为助，语气中满是轻蔑和不屑，这导致为助认定名字才是令他饱受磨难的万恶之源。依他所言，假如当初老头子给他起个周正些的名字，人生将是另一般风景。如果有人对他的论调持异议，认为"为助"这个名字并无坏处、堂堂正正，那么这个人就惨了。为助会立刻面对此人正襟危坐，开始他的长篇大论："比方说'助'这个字，它的文字轮廓和语感是如何如何地亵渎了姓名的尊严……"恣意侮辱破口大骂长达十五分钟。对方慑于为助的声势，服服帖帖不敢吱声。姓名腐蚀了它的主人——如此奇谈怪论经过为助的一番演绎，听者竟然无不心悦诚服点头称是，莫名其妙得很。

姓名问题就此打住不谈。家人对为助放任不管，他是否尽享此种便利，打出了自己的一片天地了呢？有一段时间确实如此，但不久之后，为助的性格暴变，可谓老天有眼奇迹发生。不知怎的，为助常常闷在家中，不再难以管束。变化尚不止如此。以前，他只消看见杂志卷首插图上有一个稍具风韵的女子，就会迅速炮制出下流无比的黄色笑话，家人闻之，顿时面无血色。如今，他再遇见此类插图，则苦着脸把它推到一边。以前说话口无遮拦，没大没小，现在有了分寸。总而言之，爱往人堆里钻、爱说话的为助变得沉默寡言、深居简出，挺邪乎的。

对于为助性格的巨变，木岛家族私下展开讨论。阿房说是缠着为助的狐狸精跑掉了，为次说他是在女人那里吃了苦头，为三认为这是病，大家都说这个病好，但愿他一辈子都别好。为一一言不发，哼了一声，表示事不关己。

为助的变化似乎不是一时的不良情绪所致，他打心眼里厌恶起了女人。从前，爱好女色的他，尽管名字恶心得让人起鸡皮疙瘩，但本人还是自尊自爱，致力于改善自身形象。这下倒好，连女色都不爱了，活着也没什么奔头了。为助成了一个被世界抛弃的男子。他和家人的语言交流也少了，有时候家人谈及独身，这时他才变得雄辩起来。他曾经面对新婚不久的为三夫人大放厥词，说什么人这种东西每个都应该遭到唾弃，偏偏两个人硬是要凑到一起，还有比这更加龌龊的事情吗云云。

面对为助的人格巨变，家人开心得不得了，认为这下子天下太平了。当时，木岛家族乃是一方望族，撇去住宅隔壁的医院不管，全家上下人丁兴旺。高龄老人阿房有专人服侍，节约的个性随年龄的增长同步加强，抠门得要死。不仅克扣女佣的工钱，有人送她东西，她立马收藏在自己的房间里，滴水不漏。

阿房爱收东西，更爱藏东西。她也把藏品分给孩子们吃——水果要放到一半腐烂，点心必须等到发霉，否则孩子们是吃不上的。老婆子从三个有出息的儿子那儿领取生活费，多少就看儿子的能耐大小，唯有小儿子为助，指望他赡养老人那是痴人说梦，相反老婆子还得接济他。一天，老母唤为助近跟前，拿出一年前收藏的点心款待之，此物坚硬如铁。阿房吩咐女佣将给为助的生活费精确入账，为助妄图利用老母的年老昏聩多捞几个子儿花——门儿都没有。

在木岛家族这个超常规扩建的住宅里，为一、为次、为三夫妇各有居所，长子为一有三个孩子，次子为次有两个孩子。一家人各司其职，吃饭时团聚一堂，规规矩矩地用餐。个个都是无趣的木头人，席间的对话枯燥乏味，排场倒是齐整。阿房有女佣陪伴，因为牙掉光了，晚饭时喝一盏"白鹰"代替主食。为三习惯喝一瓶小瓶装的啤酒，为次浅酌两杯威士忌，为一不管春夏秋冬，把一大杯冷麦茶灌下肚子再说，兄弟三人均精确无比。

如此氛围之中，为助的存在多么妙不可言。他没有工作，成天吊儿郎当，有如闲云野鹤，一介烟霞般朦胧飘忽的存在。"无为"，没有比这个词语更适合他的了，仿佛是替为助量身订制的。晚饭时间，为助独自姗姗来迟，出现在餐桌的一角，低着头一声不吭，悄无声息地吃完饭，如空气般隐身遁形。家人见之，认为他悔于前耻，有心痛改前非。他把酒也戒了。家人偶尔劝酒："为助，喝一杯吧？""不，喝杯水好了。"声音细如蚊蚋。他绝大多数时间沉默着，家人也基本无视其存在，几乎没有人关心他的出现和消失。

为助过了一段漫长的无为岁月，真的相当漫长。此间，他碌碌无为，但总比以前活力四射时要好上百倍。几个哥哥也没有狠揍不争气弟弟的屁股，将他推上成功人生的舞台，帮他出人头地。几次家人劝他立业，为助的回答都是一句话："多谢你的好意，我不赚钱。"

哥哥的孩子当然叫他为助叔叔。"为助叔叔"的称呼在家中普及开来，连哥哥嫂嫂都开始这么称呼他。说起来这个称呼包含了一丝调侃几分轻蔑，所以人人叫他为助叔叔。为助和"为助叔叔"，名副其实，堪称绝配。家人们在他背后东一个"为助叔叔"西一个"为助叔叔"，称呼的对象则浑浑噩噩地蜗居于木岛家的一隅。

2

如此，为助叔叔长时间埋没自己，不知不觉间过了三十而立之年。世道已经能够接纳他这号人物了，但称之为行尸走肉毫不过分。可喜可贺，我们的为助叔叔没有在碌碌无为中了其一生。他蠢蠢地活动起来了。这个人动起来肯定没什么好事，但无论如何，他总算活动开了。为了能够直面惨淡的人生而非消极逃避，为助叔叔需要一种诱发其执著精神的东西，一种让他沉溺其中不能自拔的东西。长年累月的失意生活，已经让这种东西在为助内心生成，厌弃人类的他，选择了童年的嗜好：栽培和养殖。想起来也是情有可原。

干劲真不可思议，它让为助的脸迅速变得生气勃勃，待人接物也不像先前那般畏缩。然而，为助的此番变化没有引起家人的注意。毕竟为助对于木岛家族而言，为助叔叔不过是一件大垃圾，漠视惯了。他们做梦也没有想到，他已经从漫长的冬眠中苏醒过来，开始策划稀奇古怪的事业。某一天的晚餐席间，为助开口说话，大伙儿这才注意到他的变化。

那一晚，为助表现出了不同以往的大方得体，引得大家事后议论——真的是光彩照人。他把手伸向二哥为次的威士忌酒瓶，一口气喝下二哥喝半个月的量。为次看了一眼空酒瓶子，心疼得不得了，但也没抱怨什么。

为三的第二个孩子即将降生，一家的话题自然集中到了孩子身上，你一言我一语，讨论给孩子起名的事。为助冷不丁地开了口。几年都没参加木岛家族讨论会的为助，如今堂堂正正地向在场的家族成员宣告了自己的存在。

"要是个男孩，"他斩钉截铁地说道，"'助'这个字千万不要，'为'字也不要。"

大伙儿的目光集中在为助身上，煞是惊奇，仿佛一件弃置多年的破收音机突然发出了声音。他那诽谤自己名字的演说早已是陈年旧事了。

"这是你的看法。"为次代表在座者发言，因为此时其他人惊讶得话也说不出来，"'为'字没你说得那么不好，'为助'这个名字起码比我的名字工整。"

"工整？"为助把脸转向二哥，极其严肃地眨巴着眼睛，"为助比为次工整？太可笑了，这事得说明白，你说的有什么根据？是什么逻辑推理？这第一呀……"

为助的舌头简直像抹了油一样滑溜，日积月累的郁闷此时迸发，威士忌加快了他的血液循环，助长了体内一切新陈代谢，何况这个话题正是他的拿手好戏，在场者无一能与之针锋相对，最终一家上下悉数缴械投降，并达成共识：今后不论发生什么事，木岛家族的子孙们绝不用"为""助"两个字当名字使。反正人起什么名字都无所谓。倒是为助的表现让家人的心咯噔了一下：为助今晚不一般呀，人又变了呀，变成老样子可够呛的，不过成天死气沉沉的也不好，这回说不定为助会跟咱们统一步调？家人怀着淡淡的期待，在起名一事上无条件地通过了为助叔叔的主张。

家人的无条件投降让为助叔叔心情舒畅。他笑眯眯地喝了口茶，噎着了，一连打了三个嗝。此时此刻，为助叔叔埋藏在心底的自负极度膨胀，与悠长的休眠期告了别，一点一点地活跃起来了。几天后，他正面接触了三位以前尽量避免打照面的哥哥，说无所事事的生活有害健康，今后也想给社会做些贡献云云。三个哥哥对为助的意愿表示俯允，约定尽其所能帮助他。

这下子为助大张旗鼓起来，他搜罗了一大批园艺方面的书籍为远大计划做前期准备，堆积起来宛如小山。木岛医院的地皮当初是老爷子李助没花几个钱买下来的，几乎等于白捡，医院后院约有将近一万平米左右的地皮还闲置着，有小河和树林，尽是未开垦的荒地。为助在这块地的一个角落开辟了一个玫瑰栽培园，还建了一个明显与家训精神相左的温室。依为助所言，他要在这儿栽培只有去植物园才能见着的珍稀玫瑰品种。亮晶晶的温室显然让大哥的钱包吃了不少苦头，然而为助叔叔丝毫不以为意，恣意采购昂贵的兰花和玫瑰，还搞来无数奇形怪状的仙人掌。这还不算，为助幼时的兴趣爱好死灰复燃，将好多昆虫饲育箱抬进自己房间。秋鸣虫从夏天开始大声鸣叫，叽叽喳喳嚣张无比；毛绒绒的某种幼虫蠕蠕地爬行，见者无不毛骨悚然。这究竟是为了什么？纯粹的消遣吗？"哪里的话，你误会了。"为助解释道：他的玫瑰是要在名花大赛上拿奖的，他的仙人掌是用来远销海外的，他的昆虫生态研究是直奔博士学位而去的。

家人左等右等，为助啥也没捞着。昆虫从饲育箱中逃出，什么毛虫啦飞虫啦在木岛家的大宅中横行无忌，女孩子们被吓得够呛，更有个别虫子，竟在为一的书桌上成蛹待化。这种现象显然不合木岛家族的良好家风，他们断然排斥无用、无益的东西。为一终于忍不住，将小弟为助唤至跟前。

"为助，干得怎么样呀？"为一旁敲侧击，"看你挺带劲的。"

"还过得去吧。"为助叔叔十分坦然。

"仙人球长得怎么样了？"为一问道。

"那叫仙人掌。"为助用教导的口吻说，"一切按计划进行，不过海外的需求量好像不是太大。"

"玫瑰怎么样了？"为一问道。

"玫瑰呀，"为助悠然回答，"专种古典树种，新品种里面卡里多尼亚还不错，那是一九二八年的品种，爱好时新的人都……"

"先不说你的花。"为一打断了为助，"你能不能干点对家里有好处的事？"

"嗯嗯嗯……"为助叔叔回答。

"我不是说你现在做得不好。"为一说，"可是钱花了不少也没见成效呀。"

"对对对……"为助叔叔回答。

"不是说你不好，"为一继续说，"可我们父亲的遗训……"

"管它遗训不遗训的。"为助叔叔插嘴道，"爸爸自己不是想一出是一出吗？干砸了才搞个什么遗训出来。你看，爸爸不照样把木岛……大木岛医院办起来了吗？"

"话是这么说，"为一的声音几近献媚，"我提个建议，建议而已，你先把你的高级研究放一边，来管理我们家医院的庭院，修整修整树丛什么的，多好啊。这也是你的专业，相信你能行。"

"噢——你说得太对了。"为助叔叔想明白了。

说老实话，他早就想这么干了。从今往后，他将尽情地施展十八般武艺，做出成绩来让全家老小目瞪口呆，尽早确立他在木岛家族中的显赫地位。为助叔叔意气风发地朝兄长鞠了一躬，脸上的微笑显示出他志在必得，就差拍胸脯立军令状了。如此，改革庭院的大事业便在为助叔叔的领导下如火如荼地展开了。

当年入冬后，为助叔叔遵照他所谓的专业知识，采用新式的防霜设备和防雪压措施，不料导致本应安全越冬的芭蕉和苏铁全部枯死，甚至伤及李助生前引以为豪的老松。为助大感不妙，急于挽回损失，便在次年春天在医院内庭种植各种树木——不是长满利刺的不知名灌木就是只能当柴烧的劣等植物，极大地伤害了家人（尤其是注重体面的阿房）对他的信任。至秋，为助叔叔唤来匠人，趁着大哥不在，将医院门前铺着沙砾的广场刨得一塌糊涂，说是要在门前建一个超级大花坛。根据他的描述，这里将再现绿草成茵、鲜花绽放的人间天堂，栽种的花卉将是令园艺师垂涎的奇葩，花坛的魅力之大，以至于让想一睹其风姿的人因极度期待而致腹痛。去京都参加医学会议的为一回到家中，见到医院大门口这般光景，怒火当场爆发。

"你这是干什么！"为一诘问道，"这儿不是有钱人家的社交场所，是医院！大木岛医院！本来就需要干净整洁的环境，这乱七八糟的，你搞什么名堂！"

为助叔叔气不顺了，反驳道："花坛本来就是干净整洁的，装点医院外观、改善医院形象何罪之有？"木岛家族的掌门人根本听不进为助的辩解，他青筋暴突，倒不是因为花坛过于奢华，而是为助事先没跟他打过招呼就擅自开工，这不是太岁头上动土吗？更让他生气的是，这个本应该缩着脖子做人的木岛家族的败类，竟然要弄起了反驳之辞！是可忍，孰不可忍。

"现在是什么时候你懂不懂？"为一终于咆哮了。那一年日本入侵中国。"非常时期！前所未有的非常时期啊！你弄些花花草草像什么话！"

估计在平时，为一不会这么做的——工匠受激愤的为一指使，将为助叔叔苦心设计的花坛摧毁，用压路机碾平，在上面铺沙砾，一切恢复原状。事后为一仍然满腔愤懑，直陈为助叔叔的罪恶：为助根本没有经济观念，有本事自己去赚一分钱来，知道赚钱的辛苦就不会乱来了。与大哥的言论针锋相对，为助反驳道："好不容易搞起来的花坛就这样给砸了毁了用沙子埋了，前功尽弃不说，费用增加了一倍。"

风波平息后，为助叔叔消停了一段时间。可是到了第二年春天，他又炮制出一套新计划。

他心想："不就是想省钱吗？那还不简单。"这次的计划完全零成本，待到成功时，已经扫了地的颜面又可重新捡起来，一举恢复名誉。离木岛家三百多米远的地方有一间大宅子，长长的砖墙角密密麻麻地生长着西洋品种的爬山虎。为助叔叔看上了，干了件不甚光彩的事——趁着夜色去行窃。他揪下爬山虎垂在墙外头的枝条，足足揪了六十多根。听说这些枝条扦插后就能扎根生长。

为助叔叔一心一意地把偷回来的爬山虎插在医院的石墙角——先挖个大小适中的坑，浇上水，将爬山虎的枝条放入，小心培上土。他工作时表现出的热情引人注目，满手满脸都是泥，全然是个玩泥巴的小孩子。早先衣着光鲜时尚的为助如今不讲究了，穿着一件邋遢的和服便装，腰带缠在胯部，据说是紧扎腰部有损健康。将偷来的爬山虎植完，整面墙将会被绿叶所覆盖。为助叔叔尚不满足，去树林里采了些野生的爬山虎，做有益的补充。精诚所至，人皆刮目相看，嫂嫂们开始相信为助绘就的美好图景："爬山虎长大了，把家里装饰得像西洋的城堡一般。"唯有为一仍然摆着苦瓜脸，在他眼里，种爬山虎总有些低级趣味。为助叔叔的工作告一段落，心情舒畅的他跟大哥解释。

"爬山虎也分多种。"他说明，"这种爬山虎绝对干净整洁，冬天不掉叶子，也不长虫子，怎么说呢，有贵族风范吧。还有啊大哥，这些可不要钱噢。"

最后一句话起了作用，为一不再嘀咕个不停了。

没想到为助叔叔又走上了绝路。西洋品种的爬山虎不适合扦插，日渐干瘪萎靡，最终全部枯死。为助叔叔狼狈不堪，说什么事到如今并不是谁的错，事已至此我十分遗憾云云，让人莫名其妙。然而更具讽刺意味的是，贵族风范的西洋爬山虎全军覆没了，而脏兮兮的野生爬山虎却成功扎根木岛家，显示出旺盛的生命力，长势惊人，初夏时已经越过墙头。该爬山虎品相恶劣，叶片不是绿色的，是一种霉斑似的白。盛夏，蛾子的幼虫以此为根据地爆发，它们贪婪地蚕食叶片，只留下光秃秃的藤蔓。石墙的外观较先前可谓一落千丈。木岛家族掌门人当着大家的面劈头盖脸地数落了为助一通，使其颜面尽失，并且他郑重宣布：为助叔叔今后无论干什么，都必须事先征得在场者的同意。不用说，掌门人事后把墙角东施效颦的丑陋爬山虎揪得一根不剩。

为助叔叔凭一己之见什么都干不了。有时妙计涌上心头，可必须有人支持他才行。说服几个哥哥看样子是没戏了，为助便搅动起三寸不烂之舌，致力于笼络母亲和嫂子们。阿房耳背，整天稀里糊涂地傻坐着，正中为助的下怀。

"您还好吗？"他面对老糊涂了的母亲说道，声音极其温柔，"食欲可好？您想尝一尝黄颜色的番茄吗？"

"什么——"阿房耳背听不见。

"黄颜色的番茄。"为助叔叔提高了音量，"您知道黄颜色的西瓜吧？就是那种黄。"

"什么——"阿房迷惑不解。

"黄颜色的西——红——柿——"为助叔叔扯着嗓子喊，"味道好得不得了。真的，这回我种给您吃。让母亲大人尝尝鲜。"

皇天不负有心人，他喊破嗓子终于有了回报，得以堂堂正正地栽培黄色西红柿了。不过他还得看哥哥们的眼色，原则是先进行实验性的试种，为助叔叔满口答应，在后院的一块空地上耕作起来。旁人见到为助劳作的情形莫不大费一番思量：这个人"无为"起来能无为到极点，拿筷子都嫌麻烦，现在为什么如此干劲十足，意志坚定？谋事在人，成事在天，黄色西红柿计划归于失败。也难怪，为助叔叔把够一块地用的豆饼肥施在一株番茄苗上，又担心蟑螂来糟蹋番茄，追加整整一桶石油乳剂保卫之，幼苗消受不起，全部烧死，黄番茄最终采到了二十余个。一百株番茄苗上才长出二十余个，阿房啧啧称奇，为一苦着脸说："多名贵的番茄呀！"为次附和道："这玩意儿，估计没什么海外市场。"

不屈的为助叔叔在第二年养起了火鸡。天知道他玩了什么把戏，竟然成功地从为三那里搞到了钱。为三劝他养鸡，为助说现在局势动荡，小小的鸡没什么养头。

"这火鸡呀，脾气大得很，不管是什么，一头撞上夫再说。"为助叔叔说明道，"连人它都敢撞，跟关东军似的。"

他在温室围了一大块场地，宣称能养个几十只。先放进七只火鸡作为试验，说什么七只七面鸟（火鸡）数字吉利，还有诗文的韵味，自得其乐。不知何故，火鸡一连死了三只，这让为助叔叔果断退出了火鸡养殖业。为助叔叔最大的缺点正在于此：立计划的时候谁都没他起劲，投入工作之真挚非常人可以仿效；计划稍有眉目时，为助已经失去了大半兴趣，做起事来有一茬没一茬的；到了最后则完全放任自流，听之任之。要是他稍微改一改这个毛病，家人也不会信不过他。

火鸡一事过后，为助叔叔的评价暴跌，跌到地底的地狱，把地球都跌穿了。他从长眠中醒来，开始伸展拳脚的时候，家人尚且怀着的几许好奇和一丝期待，如今早抛到九霄云外去了。为助叔叔有些陷入自我否定了，当初满满当当的自信，眼前接二连三的失败算什么？多么悲惨凄凉啊。事情不应该是这样的，他的工作理应让大家惊叹，让大家觉得自己有眼不识泰山，他立刻升格为木岛家族不可或缺的人物受到全家人的景仰。怎么会这样？事情怎么总会朝着相反的方向、不好的一面发展？岂有此理！太让人匪夷所思了。每一次事态都违其所愿，自信丧失侵蚀着为助叔叔。为助这个人，被万人戏弄、折磨、埋怨。

他的人格第三次发生变化。一度重新振作的为助叔叔有了活力，巧舌如簧，大模大样，仿佛他是木岛家族的当家人，而今屡次受挫，四面楚歌，他已经体无完肤、奄奄一息了。此前，一有奇怪的想法浮现脑海，他便满面春风，逢人狂吹海侃一通。现在的他已经不再那样了，回到以前沉默的世界里了，反正他说话也没人理。他开饭时不露面，故意推迟上餐桌的时间，一个人吃。其行为举止谨小慎微，也许是耻于自己不能光明正大地坐在木岛家族的餐桌边吃饭吧。他真的无地自容了，以前他说话就客气得很，现在走了极端，跟嫂嫂们说话都用一些近乎卑微的措辞。话说回来，顽固的自尊依然统治者他的灵魂，只不过被镇压得缩成了一小团，一定很痛苦吧。他势必从木岛家族的成员面前消失，躲在房间里头抠鼻屎，除此之外，他还有什么选择呢？

木岛家住宅的二楼走廊尽头有一间西式房间，为助是这间房的主人。此处是家中最为偏僻的地方，平时少有人光顾，敦夫——为次的二儿子常来玩。敦夫是木岛家族孙辈中少有的爱幻想的孩子，喜好为助叔叔房间里那种芜杂的气氛。房间里有许多稀奇古怪的东西，以前用过的昆虫饲养箱堆放在房间的一角，还有南洋椰子制成的面具。抽屉里藏着许多乱七八糟的"宝贝"：各种各样的火柴盒、外国的邮票、奖牌、生锈的剃刀、破成两半的镜子、熏黑的烟斗……全都蒙上了厚厚的灰尘。敦夫从中找出自己喜爱的,为助叔叔慷慨地赠与——至少在这个没把自己当傻瓜的孩子面前,他显出了隐士风范,以幽僻中冥想的哲人自居,想以此获得哪怕一个支持者。

"叔叔,这照片是谁呀?"

"这个呀,"为助叔叔回答,"这人叫法布尔,是个大学者,总统都要朝他鞠躬呢。叔叔我呀,以前在法国学校念书的时候还听过他的课呢。"

"为助叔叔去过法国吗?"

"有什么好大惊小怪的。法国啦英国啦还有中国的西藏啦都去过。"

"那叔叔你是博士咯?"

"不是博士,不过也差不多吧。"

"火鸡不养了吗?"

"养火鸡多没劲呀。叔叔我专门做别人不做的事情。过两天去澳大利亚养袋鼠,先养它个十万头再说。"

"养这么多干吗呀?"

"等养了一百万头,不,一亿万头的时候,我把它们全卖了,把那儿的岛全买下来,给日本扩大领土。"

"那肯定会给叔叔造个铜像的。"

"铜像?不造是不可能的。不过啊小敦,成了铜像的那些人也没什么了不起的。"

"去澳大利亚养袋鼠能带我去吗?我当你的助手。"

"没问题小敦!敦夫这个名字叫起来顺溜,人还是得要一个好名字。"

101

听为助叔叔吹牛皮的也只有敦夫一个人。他就像一个寄居在木岛家族的食客，畏首畏尾地生活着。一到吃饭时间，从李助在世时就在木岛家服务的老女佣走到楼梯下，发出沙哑而洪亮的呼唤："为助少爷——吃饭啰——"每次都会吓为助一跳，让他乱了分寸，以"来了""知道了"之类的话搪塞一番，而且声音小得可怜，仿佛在哀求老婆子别这么大声喊他的名字。偏偏老女佣年纪大了耳背，时常听不到为助的回应，又是一嗓子"为助少爷——"，尽职得很。这回为助有些生气了，打开门走到楼梯口应道："行了行了，我马上就去。"语气还是原样，回房磨蹭了一会儿，等到家人饭后喝茶，他才面带暧昧的微笑，慢吞吞地挪到餐桌旁。

一天，为助叔叔的手背被钉子划伤，流了不少血，他不得不去自家隔壁的医院做些包扎——平时他都不敢靠近那儿。诊疗室里为次在，他判断这点小伤用不着他亲自动手，吩咐一旁的护士给为助包扎。为助叔叔晕血，看样子随时可能会昏过去。见护士的手伸向了碘酒，为助赶紧挥舞起手臂，结结巴巴地表示拒绝。

"那玩意儿疼得很，拜托你别用……"

护士强忍住笑，先用双氧水给他清洗伤口。白色泡沫泛起，为助叔叔疼得想喊，硬是憋住了。他心里一定在想：自己这个窝囊废，正在用木岛家族宝贵的药品。护士给他缠绷带的时候，他像个从外面来就医的病人，不停点头哈腰：

"对不住，对不住……"

3

其实，为助叔叔的创造性精神并未彻底萎靡，即使焦点稍有偏差，不，即使偏差得厉害……不不不，应该说正因为偏差得一塌糊涂，为助叔叔才如此富有创造性。他要是完美无缺，那么创造性也就跟他无缘了。总之，他的精神未死未灭，不久便有新计划成竹于胸，坚信这回一定能马到成功。问题是他一如当初那般不自信，自负轻易地让位于疑惧。创想一天比一天成熟，他坐立不安，在房间里踱来踱去，盘起胳膊又放下，揪鼻毛疼得惨叫，刚刚还是一副傲人姿态，仿佛掌握着什么惊天动地的大秘密，一会儿又垂头丧气，万念俱灰，一头倒在了床上。

医院的后院有一个大水塘，是木岛家引来小河里的水蓄成的。某一天傍晚时分，为助叔叔在水塘边不安地踱步，嘴角浮现出微笑，看样子是下定决心了。第二天，为助叔叔早早地出现在了晚饭的餐桌前，埋头大吃四碗米饭，谁都看得出他有心事。大家吃起餐后甜品的时候，为助叔叔露出了久违的笑容，开口说话了。

"人这种动物呀——"他说道，"是彻头彻尾的杂食动物，什么都吃，稍微换个角度思考，人还是浪费了不少资源的。"

没人吭声。

"比方说动物性蛋白。"为助叔叔继续说道，"不能光吃兽肉和鱼肉，毕竟日本的国土狭小嘛！"

没人说话。

"我要说的是，"为助叔叔突然把脸转向了为一的妻子美代子，正色道，"听说法国的蛙类菜肴好吃得很呢。"

"是啊。"美代子回答，"我只知道有罐头装的青蛙肉。"

美代子打开了话匣子，滔滔不绝地讲起蛙类菜肴来，显示出她在这方面高深的涵养。她喜欢讲一切与法国有关的东西，不过她从未跨出过日本关东地区一步，更别说去法国了。

为助叔叔洗耳恭听，不停点头表示赞同。一会儿，他难为情地笑了笑，说道："那将来还要请嫂嫂一展身手，给大家做蛙类菜肴咯。"由此打断了美代子的介绍，宣布自己即将进军蛙类养殖业。木岛家族一干人等闻之，脸色顿时阴沉下来。为助叔叔解释说这事不花家里一分钱，用医院后院的池塘养殖，不麻烦任何人。家里人也就没什么好反对的。

说服了大人还不算，为助叔叔花言巧语拉拢了一批得力的孩子，礼拜天意气风发地带着他们去采集牛蛙的蝌蚪。千叶县的湿地多池沼，许多人手持渔竿垂钓，为助叔叔不顾别人呵斥，拿着网兜在水里搅来搅去。牛蛙的蝌蚪大的体长竟有十五厘米，灰色的皮肤上有黑色斑点，在水面悠悠然地游泳。如此妖物般的蝌蚪在返程电车上没少引来人们侧目，为助叔叔得意洋洋地跟旁人讲述："长成了就不是这样了，估计有这么大吧。"看他手的比划，尺寸比猫还要大些，听者感慨，可以想象这时为助叔叔的心里有多么甜蜜。

他这回拎着四方形网罩出门了，收获不怎么理想。除了敦夫，其他孩子根本靠不住，他们受父母影响，从小看不起没出息的为助叔叔,帮了忙堂堂正正地索要报酬,要叔叔买玻璃弹子球或者硬拉着叔叔玩纸牌,没个消停。

在原先的池沼里,蝌蚪舔食浮在水面的水草为生。为助叔叔却使用他独创的方法喂养蝌蚪——喂它们吃线虫,说是可令蝌蚪成蛙后的体型倍增,无奈事与愿违,不知是何缘故,蝌蚪陆续归西,每天都能看到池塘中多了不少翻着白肚皮的死蝌蚪。为助叔叔疯狂地翻阅图书,从原先的池塘里捞来大量水草,但蝌蚪的种族大灭绝并未因此停止,恐怕是家中池塘的水质不适合蝌蚪生存,为助把它们大老远带到家中造成其水土不服。当初采集了好多蝌蚪,没过多久就剩寥寥数只了。

它们很快长了脚,成蛙过程中体格反倒萎缩了,跟一般的青蛙差不多大小。用它们来做菜?简直是笑话。为助打算顺其自然,让它们在池子里慢慢长——殊不知这是最大的失策。这些蛙总想爬上岸,上了岸也不待在一处,乱跑。为助叔叔烦了它们,又撒手不管了,以至于这些家伙肆意走动,有的逃进附近的水田,反正没有一只荣登木岛家餐桌的。后来,常常能听到不知哪儿传来的牛叫般的蛙鸣。美代子没有让为助叔叔去逮几只回来吃,当初她一见到巨大的蝌蚪就吓破了胆,发誓这辈子都不吃这么恶心的东西。

这回为助叔叔足足消停了一年多,家人偶尔看到他,总会习惯性地揣测一番他有没有什么新计划,因为他一旦有了新计划,疲惫颓废的脸即刻神采奕奕起来——终于有人看到为助叔叔神气起来了。这次为助叔叔一个字都没跟家人透露,跟几个面生的男子在宅地边缘的小山坡上谈论着什么。木岛家慌了神,"为助该不会跟谁借钱了吧?"几个哥哥猜想。"那几个人贼眉鼠眼的,是骗子错不了。"几个嫂嫂断言。"为助要是再年轻些就好了,部队抓壮丁逮了他去,或许还能混出个人样来……"一个哥哥叹气。遗憾的是小弟为助肺部有些浸润,属于丙级体质,部队还不要呢。大人们叫常跟为助叔叔在一起的敦夫过来质问,方知那几个人不是骗子是技师。为助叔叔想在小山坡上开个洞种植蘑菇。大伙儿当即决定传唤为助叔叔,反正他干不出什么好事来。

"咱们好久没聊了呀,为助。"为一心里不踏实,"你要种蘑菇?种蘑菇不需要挖洞的。"

"不懂了吧。"对方回应道,"种香菇就要挖洞。"

"什么玩意儿?"

"是香菇!mushroom,洋人吃的松茸。"

"西洋松茸?"为一咕哝道,"那可不行,时局动荡,不许种洋里洋气的东西。"

"这可是食物呀。你看这仗要是打得再大点儿,挖的洞还能当防空洞呢。"

"胡说!"木岛家族的掌门人骂道,"你这玩玩闹闹的洞能跟防空洞比吗?挖个洞要花多少钱你算过没有?这不是我自己的主意,是父亲的遗训你懂不懂?一分钱都不许借!还有,你别糟蹋了大木岛医院的土地!只要我过活着,你就别想耍花样!"

"那我祝你早日断气。"为助叔叔心中嘀咕,当然没敢说出口,只是悄无声息闪人。他放弃了栽培香菇的计划,转而投身于在广口瓶里栽培口蘑,这样不用折腾木岛家宝贵的土地。

"我说小敦，"为助叔叔跟敦夫说话，敦夫是他目前唯一的盟友，"看这张照片，蘑菇会从瓶口长出来呢。好玩吧。"

"嗯！"敦夫毫不掩饰心中的惊喜。

"你看多棒啊，简直难以言表。时机一到，它就不是食物了，能当作观赏植物远销海外呢。"

突然，为助叔叔合上了话匣子，摸了摸胡子拉碴的下巴，表情严肃起来。他厌弃了自己的那副腔调？还是担心牛皮吹得过大，而失去唯一盟友敦夫的信任？不得而知。几天后，医院后院的门口高高堆起许多用草包包裹的广口瓶。蘑菇研究所送来了装有菌丝的试管。看这阵势，不难看出为助这次打算孤注一掷了，他极度兴奋不安，全身血液奔涌澎湃，忙个不停，刚见他从木材厂搬来小山般的锯末，又让米店送来好几袋米糠。

第一步，为助叔叔让敦夫帮忙，把锯末、米糠和淘米水和在一起搅拌，做培养基。往两百多个广口瓶中装填这玩意儿，劳动量可谓不小，但与接下来的繁杂手续相比还算是轻活——给广口瓶塞上棉栓，在上头捂一层油纸，然后用高温蒸气杀菌。蒸气杀菌需要大锅，于是为助叔叔把广口瓶抬进了炊事间。

"您这是……"伙头老夫妻惊得合不拢嘴，"大夫您要做什么？"

"大夫"不过是他们对东家的习惯性称呼，为助叔叔听了却慌乱起来。

"我……我想把这些都消一下毒。能不能借大锅用一下？"

"消毒？"对方瞪大了眼，"消毒在那边，注射器啥的都在那儿消毒。您看这儿脏得很，哪能……"

为助叔叔急忙摆手："这不是注射器，在那儿消毒不方便……"啰啰唆唆一大堆解释。万一老夫妻加大嗓门引哥哥过来，为助还不得吃不了兜着走？

一番伤筋动骨的大折腾，之后等灭了菌的广口瓶冷却下来，他们开始植入菌丝，用一根特制的长柄勺刮一点试管里的菌丝，快速植入广口瓶中。这一步作业要求手脚必须敏捷迅速，要不然空气中的杂菌侵入了广口瓶，会对口蘑的生长造成极大威胁，每一次操作都要让长柄勺过一次酒精灯的火焰，还要把棉栓快速烤焦后堵严实瓶口。为助叔叔笨手笨脚，要不是敦夫出手帮助，估计他得花上半个世纪才能完成。

"哎哟烫着了烫着了……"他不知被火焰烫了几次，"好烫好烫……嘿哟，着火了！"

就这样，两百个广口瓶终于整齐地排列在房屋靠内院那一侧的檐廊下，菌丝生长需要阴暗的环境和适量的湿气。再看为助叔叔，已经累垮了。一点都不奇怪，过了一年多脸都懒得洗的懒汉生活，短时间高强度劳动让他整个人都散了架。焦急的敦夫问他就这样放着不管行吗，为助叔叔用手抹了一把脸，说道："叔叔比爱迪生都勤快，勤快过头了，老天爷保佑，小敦，蘑菇会长出来的。"

菌丝在一周后长出了白色的细丝，以肉眼觉察不出的慢速在广口瓶的内部伸展、蔓延。有些瓶子里出现了淡青色和淡粉色的斑点，为助叔叔说那是杂菌所致，把这些瓶子给撤了。眼下，敦夫的劲头比为助叔叔更足，刚放学就跑到檐廊下看蘑菇，这成了他每天的必修课。

瓶中已经布满了菌丝，到了该长出蘑菇的时候，竟连个影子也没见着。敦夫焦急，终于有一天忍不住，把为助叔叔硬是拽了过来。为助叔叔小心翼翼地拿起两三个瓶子，取下棉栓闻了闻气味，脑袋左摇右摆，嘴里哼唧作声，诊断方式多种多样，最后还是说不出个所以然来，如此将严重危及仅有的盟友——敦夫对他的信任，所以为助叔叔在沉思了一阵后这样说：

"老天爷不喜欢蘑菇，瓶子里干巴巴的，长得出蘑菇才怪。"
"那……没办法了？"
"还有一个办法，叔叔我厉害就厉害在这里了。我们用水盘法，得把瓶子敲碎了，小敦，锤子伺候！"

锤子拿来了，为助叔叔手起锤落，敲碎一个瓶子，完全被菌丝覆盖的锯末块啪嗒掉出来，仍然保持着广口瓶的形状。为助叔叔敲得兴起，一连打碎好几个瓶子。锤子落下，瓶子应声而裂，为助叔叔被这种破坏行为夺去了魂魄，着了魔似的抡着锤子，大汗淋漓。敦夫又拿来一把锤子，加入破坏广口瓶的工作，一个信念占据了他幼小的心灵：为助叔叔的大事业面临危机，能拯救叔叔的只有自己。干起活来是一心一意。

大概敲了一百多个，为助叔叔疲惫不堪，耐性全失，用手敲打着后背直起身子，说今天就干到这里了，把这些搬到门口去。敦夫双手尽可能多地环抱着锯末块，搬了一次又一次。为助叔叔打算不久后把它们放到水盘里，或者用含水的棉布包裹起来，以增加湿度。不知搬了多少回，敦夫听到了为一的一声怒吼,他吓得一下子站住了。

"这像什么话!"木岛家族的掌门人就伫立在檐廊,"院子里全是玻璃,搞什么名堂!小孩子都不如。你看!都成什么样了!"

挨骂的为助叔叔双手抱着锯末块,呆立着。以往的话,他会不好意思地笑一笑,诚惶诚恐地认错谢罪。谁都没有想到,这时为助叔叔的反应不同以往,他环抱着锯末块的双手一下子松开了,一摞锯末块散落一地。

"玻璃怎么了?"为助叔叔的声音颤抖得厉害,"大哥你老是干涉我。你就不能让我放手干一次?玻璃究竟咋了?不过是玻璃而已呀。"

这下轮到为一吃惊了,他目瞪口呆,万万没有想到小弟为助的反应竟如此强烈。他迟疑了几秒,怒火攻心,咆哮声震得空气嗡嗡作响。

"我不是说玻璃,我说的是你那副窝囊样。我什么时候干涉你了?你捅了娄子我倒是提醒过你。我是当家的你懂不懂?你想干什么我还是准许了,温室也帮你盖了……多好的温室啊!你这玻璃是怎么回事?要敲玻璃的话找个合适的地方好好敲!我可没说玻璃怎么样。"

为一有些语无伦次,但训斥的威力不在于主旨,而在于他的大嗓门,在于他以木岛家族掌门人自居的态度。他吼了个痛快,呼啦一转身,气急败坏地朝起居室走去,相当华丽的退场。

为助叔叔保持着原来的直立姿势,纹丝不动。

不一会儿,紧张从体内消退,他低垂着脑袋走出后院。

地上的锯末块碰到了木屐，他抬腿猛踢，可惜木屐没有命中目标，他却险些跌倒。

心中屈辱难忍，为助叔叔完全退出了蘑菇栽培业，他还避免跟敦夫打照面，觉得丢人。搬到后院门边的锯末块继续干燥下去，敦夫无奈之下按照叔叔当初说过的方法，把几个锯末块用棉布包裹起来淋上水，也没见起色。剩下的广口瓶就这么放在檐廊下，无人打理，这下连敦夫也放弃了。

天意弄人。老天爷喜欢起蘑菇来了？还是天性乖戾爱捉弄人的恶魔施了法术？丢弃在檐廊下的几个广口瓶中，竟然长出蘑菇来了。

透过瓶壁，好不容易才能看到一根豆芽般孱弱的蘑菇，它无力顶开瓶口的棉栓，若不是敦夫偶然间发现，它肯定就这么烂掉了。

为助叔叔被敦夫生拉硬拽过来，见到细弱的蘑菇之后，脸上写满了后悔和无奈。蘑菇长出来了，当初干吗急着敲瓶子呢？真是多此一举！其实放着不管就行了，这不是出成果了吗？偏偏挑菌丝发育好的瓶子敲了，剩下的瓶子里只有二十来个长出了蘑菇，现在追悔莫及了，肚肠都悔青了。多此一举的不是别人，正是木岛为助自己。

"果然长出来了！"不明就里的敦夫光顾着开心。为助叔叔灰心丧气："那还用说，当然长得出来咯。"说完悻悻折回自己房间。

这人工栽培的蘑菇逐渐长大成形，受到大家的好评。嫂嫂们接待客人时，常会领着客人参观："您肯定没见过。"客人啧啧称奇。为助叔叔不屑于不痛不痒的赞扬。

到了蘑菇上餐桌的重大时刻,为助叔叔称有急事,消失无踪。那天晚餐席上的气氛有些悲切,大家都可怜为助叔叔,不停称赞蘑菇味道不错,又脆又鲜,比罐头装的口蘑好吃多了。这时规规矩矩地动着筷子的为一说了一句话,让大家都沉默了。

"这蘑菇一个得花多少钱?"他念叨,"花掉的钱都够买一仓库蘑菇罐头了。"

4

就这样，为助叔叔变得比以前更加沉默，性格更加乖僻。回想当初，他不管干了什么蠢事，始终保持着一种乐观和幽默，现在乐观和幽默也少了，干脆就消失了。为助唯一的盟友——敦夫跟他搭话也不理，他甚至不招呼敦夫到他面前来了。

之后，为助叔叔仅仅有一次心情不错，像以前那样跟敦夫说话。入冬，后院的杂木林萧萧瑟瑟，为助叔叔和敦夫一起漫步其中，走到温室边突然驻足。温室已经弃置了好久，玻璃窗上蛛网密不透风，栽着枯萎仙人掌的盆钵东倒西歪。为助叔叔注视了片刻，嘴角泛起一丝微笑，轻声说道：

"要不要看叔叔下雪天养一些蝴蝶在里头飞？"

"能行吗？"

为助叔叔看了小侄子一会儿，摸了一把脸：这家伙不相信我的能力了？"简——单。只要在温室里种草料，保持跟夏天一样的温度，冬天也能看到蝴蝶……"他煞有介事地说了一通。"那我要雷蝶！"敦夫说。为助叔叔威严地摆了摆脑袋："别这么说。雷蝶是一般人说的俗称，不上档次，正确的称呼是黑燕尾蝶，用拉丁文说是 Papilio protenor demetrius。"。

"现在动手的话还不晚。"为助叔叔若有所思地点了点头，"这事还真值得一试呢。"

冬天放飞蝴蝶的计划最终只停留在口头上，说说而已。为助叔叔压根儿就没打算实施，他日渐消沉，蜗居在人生背阴的角落，性格显然朝着不好的方向发展，脾气乖张。哥哥们唤他，他不理，一会儿又冲着无辜的老女佣大发雷霆。这下子老太婆也不敢大声喊"为助少爷——"了。

"为助少爷对我说'呸'，"她显然受了刺激，"我跟他说事情，他就说了一声'呸'，掉头走开了。不想理我，掉头走就行了，说什么'呸'呀……"

"他说'呸'？那是模仿动物的叫声！他上次还朝我'喀——'地叫了一声，完了大步走开了。为助在研究动物的叫声呢。"

"哪有动物是'呸呸'叫的？"为三插嘴，"说不定是什么象征性语言，那家伙成天看些稀奇古怪的书。"

"这下麻烦了，"为次说道，"不管是动物的叫声还是象征性语言，孩子们都爱学他。"

为一独自苦着脸，无视他们的对话，不过"掉头""不理"等字眼影响了他的潜意识，他煞是文雅地把头偏向了一边。

为助叔叔近乎贪婪地暴饮暴食起来。家人又惊呆了，议论纷纷。他忌讳与家人同席用餐，却一个人偷偷摸摸地取出冰箱里的食物，吃个精光。自从家中发生为客人准备的大餐失踪的事件，为助叔叔的饮食提前由老女佣给他送到房门口，餐盘不知什么时候被拖进房间，又不知什么时候被推了出来。

日复一日，为助叔叔已经算不上是木岛家族的一员了。有人偶遇他也不会打招呼，没人想知道他在房间里过着怎样的生活。在木岛家族这部秩序井然的大机器里，为助叔叔仅仅是个怪异的同居者，没人注意他的存在。高龄的阿房卧床不起，冷不丁地会问为助怎么样了，家人习惯性地用同一句话搪塞之："出去旅游了。"阿房健忘得厉害，搪塞屡试不爽。

岁月如梭，冬去春来，池水升温，岸边草木繁盛，渐渐地，叶片积累灰尘，露出疲色，不知不觉中入夏了。家人看见深居简出的为助叔叔时常去后院走动。

他的亮相不比偶尔过来收破烂的老头更引起家人的注意，敦夫悄悄地跟着他，发现他在温室边挖一个坑，有时在编栅栏似的东西，敦夫已经没有勇气跟叔叔搭话了，叔叔成了难以接近的怪人。敦夫老远看着他一个人慢吞吞地劳作着——拿起一块木板，左思右想了好久，又扔掉了，歪着脑袋看看四周。敦夫怕被他见着，赶紧返回家中。

暑假到了，敦夫被送到海滨学校，有二十来天不在家。在离家老远的地方生活，敦夫不由得怀念起为助叔叔来了。自由活动时间，敦夫独自走在波浪拍打的海岸边，目光追随着寄居蟹、小螃蟹的行动，心想：要是为助叔叔在的话，他会跟我讲好多好多大海里的生物，那该多好啊。

现在的叔叔已经不是以前的叔叔了，看都不看自己一眼——敦夫幼小的心灵里满是感伤，又想到为助叔叔开始了新工作，"他打算做什么呢？"敦夫想象的翅膀尽情翱翔。

八月末的一天，烈日如火，敦夫回到了小别二十来天的家，向家人问好后来到后院能看到温室的地方，他看见温室旁边有个模模糊糊的白色人影，是为助叔叔没错！衬衫崭新雪白，裤子皱巴巴的满是泥点，他认出了敦夫，笑了，露出不甚雅观的牙齿。

敦夫感到了心脏的悸动,为助叔叔已经好久没朝他笑了。他兴冲冲地朝为助叔叔走过去,突然停下了脚步——为助叔叔呆呆地坐在一株木桩上,周身的氛围不同寻常。

他的脚边横着一把满是泥土的铁锹,面前是他挖的一个直径近一米的大坑,不知所用。铁锹掀起的泥土依温室墙堆起,随处可见的玻璃碎片反射着黯淡的光芒,许多木头碎片和钉子散落四周,杂乱的现场弥漫着让人不安的气氛。

为助叔叔的模样挺吓人,面部肌肉松弛下垂。他开口说话了,舌头却不利索,敦夫没听清。

"我……我们把旗——纸立起来吧。"

"哎?"敦夫不明白。

"旗纸……"为助叔叔结巴得更厉害了,声音含混不清,"旗……旗纸……立起来……也……也没啥用。"

敦夫吓得不知如何是好,只是呆呆地站着。为助叔叔站起身,急喘喘地说了些什么。一只苍蝇缠住为助叔叔不放,执意要停在他的脑门上。为助叔叔也不赶,继续结结巴巴地讲话,大意是家里人不给他吃的,肚子饿得很。

"小敦,"为助叔叔的声音稍微清晰了一些,"拜托……给我拿点吃的来,米饭也行,肉……香蕉……什么都……都行。"

第二天,为助叔叔就被送进了东京郊外的某家精神病院。他不和家人见面,人皆以为是性格乖僻所致,不管怎么说,他的确给大木岛医院蒙了羞。大人们不允许敦夫等侄儿前去探望。三个月后,为助叔叔——木岛为助死在那家医院。

死因是进行性神经麻痹,病情急转直下,当时所有的治疗手段都不能控制,说是如果不考虑他早年爱抚过的某个女人把病传染给了他,致命原因难以想象。

紧跟着为助,准确地说是两天后,高龄老人阿房去世了。两人的葬礼合在一块儿办。祭坛上阿房的照片大得吓人,为助的照片小得可怜。碰巧那天是日本和美国开战的日子,时局紧迫,自然没有人追忆一个窝囊废的生平。

鼹 鼠

1

"啊——呀,哎——哟,累得够呛。"人称"老六"的小山吕久次说道,"出了一身汗。汗由汗腺分泌,身体里的水分流失了人就感觉口渴……合情合理天经地义。喝口水润润嗓子!"

"我看你还是有点儿不正常。"一旁的樱田开口了。

"不正常?哪儿不正常了?"

"口渴了你只消说想喝水就行了,干吗东拉西扯什么汗腺……"

"这你就不对了,事情还是搞清楚比较好。人身上有多少汗腺呢?我看不下十万二十万个,每个汗腺淌一滴汗,你看该有多少水分流失啊,光想想都觉得吓人。"

"你看,不正常了不是?思考问题的方式跟正常人不同,什么十万二十万,很明显不正常。"

"哪儿不正常了?十万二十万很正常,说不定有几千万个,或许有几十亿个呢!我这还是保守估计。"

"反正有问题。"

"我没毛病!"

"小山,我说你……"樱田固执地辩论着,小山吕久次打断了他。

"叫我老六!"

"好好……"

"大家一直叫我老六，这样称呼我才够哥们儿，我就喜欢大大咧咧。不管我将来有多伟大，直接叫我老六就行了。我就是这样的人。"

老六急呼呼地宣扬着他的主张时，看见某男子拖着满载柴火的板车从他跟前走过，立马打招呼：

"喂，老林！快别干了，出了一身汗吧。体内水分流失，喝口水吧！"

林闻声扭过头来，摇摇头："我再干会儿，对我有好处。"说完回过头去对推板车的青年说："来！加把劲！"

"哦——"青年人粗哑的嗓音不同于常人。

再看青年人的脸型、肤色更是独树一帜——是个黑人：头颅冒尖，呆头呆脑，浑身黝黑油腻，一对青蛙般突出的眼睛，两片厚实的嘴唇。看体格正处于少年向青年的过渡期，胳膊上壮实的肌肉显而易见。

"林——等会儿给我馒头吃嘛——"而且口齿不清。

"行，推车！"

一辆板车两人一拉一推，走远了。

"大事不好。"樱田说，"你看那个傻黑子，也快成大人了吧。日本打了败仗都快二十年了，混血儿都到了青春期，去玷污日本女孩，源源不断地生黑孩子……"

"不可能。你就爱瞎琢磨，什么事情经你一说全都变了味儿。那些黑人数量毕竟有限。"

"别小看了他们，"樱田振振有词，"黑人数量虽然少，性欲强得很。见过他们的那玩意儿吗？大得出奇！现在情窦初开，那孩子大白天的还自慰呢！精液能飚到天花板上！你想想，天花板！说句不中听的小山君，不，老六，你的跟他的根本没法比……肯定不正常，那玩意儿也太大了……"

"你看什么都不正常，"老六说，"哎，这是什么？嗯……蛴螬？"边说边用脚趾尖点了点地面。

白白的蠕虫挣扎扭动着要钻进土里去。

"它这是在干吗？"

"无聊。蛴螬本来就住在土里的。"

"不对，这虫子是从树上掉下来的，喏，那根树枝上。"

"那就是钻到地里变成蛹啰。"

"哦——变成蛹。"老六点头道，"我也是个蛹，等待时机，时机一到马上化蝶。"

"这虫子化的是蛾子。"

"蛾子也不错，有翅膀，会飞。这蛾子身上的鳞粉少说也得有个几亿几十亿的吧，翅膀上倒是没有汗腺，沾到水还不湿呢。"

"有毛病，"樱田咕哝道，"你老是说怪话。"

"你这人，怎么老爱在别人身上找茬呢？"

"发现别人有毛病就能证明自己很正常，"樱田用力地用手挠着脖子背，"我以前也不正常，那时我就看不出别人的毛病来。当初我认识的几个人里头我觉得没人有病。我纳闷了，干吗把这些正常人关起来呢？后来我康复了，才发觉眼前尽是精神病人，个个确实有毛病，不把这些人关起来才怪呢。我这么观察下来，找到了每个人身上的毛病，当然我就是这里头最正常的一个了，应该放我出院。"

"你看老林怎么样？主动接受作业疗法，比你强多了。"

"他有毛病。干活不要钱，还乐得屁颠屁颠的。不是傻帽是什么。"

"你知道什么呀。老林他是酒精中毒，只要不喝酒，正常得很。"

"原来是酒精中毒啊……"樱田点点头，"你刚才问他喝不喝水，他就想着喝酒了。你看，急急忙忙地走掉了不是？他肯定有毛病……"

"你烦不烦，有毛病怎么了？这儿是精神病院，"老六伸伸懒腰捶了捶背说，"快喝点儿水补充补充，去温室看电视吧。对了，先去病房拿点儿果汁喝喝，怎么说来着？'果汁添美貌'？"老六打着拍子哼着广告里的曲子，大步迈向前面的楼房。

樱田刚要起脚追老六，心灵深处的恶魔诅咒突然制止了他的所有行动。樱田的鼻息粗重起来，这样让他心里少了些安定，紧接着全身上下唯一能活动的器官——舌头快速振动发音，数起数字来："一二三四五六七八……"

如果数数过程中没有遇到任何阻碍，一口气顺顺当当数下来，那么数完"九十"后，这个定身咒语将自动解除，他又可以行动自如了，其要诀就是把最后"十"字的发音过程与长长呼出一口气的放松动作有机结合。事实上樱田每天都要挨上几十回魔咒，相应的，每天要数上几十回"一二三四五六七八九十"，过程中容不得半点结巴，最后那个"十"必须字正腔圆得对得起自己的良心，否则得重头数起。一旦失败，他便死命地数一遍又一遍，同时还得小心避开他人的注意，直到大功告成，此后方能继续行走、系鞋带、吃饭……

樱田极度忌讳别人知道他的怪毛病，只跟医生说了，并央求医生万万别在人前提。这个前世作孽挨千刀的怪病要是被谁知道了，他当真会上吊自杀的。

现在他正认真地数着呢。

"一二三四五六……"

就在这"六"字上头，他敏锐的神经感受到了一丝结巴、一线耽搁，便抓起狂来从头数起。

"一二三四……"

"喂！你干吗呢？"走在前头的老六回过头来大声喝道。这时樱田刚好顺畅地把"十"字呼出口，他的脚又运动自如了，心情轻松畅快，学着老六哼哼："果汁添美貌……"

叫做"温室"的房间其实不是玻璃搭建的真正温室，只是一个供症状较轻的患者集会的场所。房间的一角有台电视，大约有三十来名观众，电视里播着唱歌节目。

老六从一旁的桌子上拿起报纸，看其中的电视预告，忽地站起身来。

"电影《柏林故事》！大家伙儿，换个频道看吧。"

没人回应，只有少数几个人给他脸色看。老六丝毫不以为意："别老是看这些低俗的玩意儿。应当看看大片！那我换台啰。"说完，走到电视机前换了台，没人反对。

看情节，电影已经过半，搞不清楚故事的来龙去脉，还是部外国片。一会儿老六解说起来："这部电影说的是'二战'后柏林发生的故事，柏林嘛，就是德国的首都……"没有任何反应，也没人离席。

画面上是战后凋敝的柏林，落魄潦倒的主人公走在大街上，与一个扛着梯子的男子撞个满怀，扑倒在地。画外音说："这一跤不能白摔。"主人公站起身，手里攥着块马蹄铁，往裤兜里硬塞，结果裤子豁开个大口子。

"哈哈哈……"老六笑了。

有几名病号跟着老六笑了起来，其中还夹杂着女病号"嘻嘻"的尖笑声。老六得意洋洋地环视四周："怎么样？大片是不是？"

随着情节推进，柏林陷入危机。国际会议连日召开，各国代表在进入会议室之前和善友好地握手拍肩，走进会议室。两名卫士将大门闭合，时间一分一秒地过去。大门"咣啷"一声猛然开启，只见一位进门前温文尔雅的绅士气急败坏地夺门而出，紧随其后的几位挥舞着胳膊大声嚷嚷，暴跳如雷。

"啊哈哈哈哈……"老六笑了。这回没人跟他一块儿笑，他再次审视四周，一脸不快。

国际会议终于公开化，摄像机也能入场拍摄。某绅士时而挥手，时而振臂，时而高举胳膊发表着演讲。电影里没有绅士的说话声，取而代之的是音乐，所以他看上去倒像是双手乱舞的指挥家。另有一位男子站着演讲，开始指挥另一支曲子。绅士盯着他看，不停地摇头。

还有一位绅士，手指上夹着雪茄，指尖一磕一磕地点着烟头，烟头碰到了一旁的地球仪。地球仪随即冒烟，而后着火。绅士慌张地灭火，对面演说的绅士对此不闻不问，依然"指挥"不止，此时地球仪已经燃起熊熊大火。

"看呐！"老六大嚷，"快看！地球起火了！"

一帮人只是面无表情地盯着电视，偶尔有人低声发笑。老六板起脸正色道："这么个小事故，地球就烧成这样。你们……"

此时，大家看到身穿白大褂的院长沿着温室外侧的走廊走来，身后跟着几名护士。呆呆地看电视的患者们纷纷转过身去，站起来给院长毕恭毕敬地行礼。

"各位，立原君今天出院。"院长笑眯眯地说。

果然，院长身后静静地站着一位换了一身利索便装的青年，手里提着个大包袱。身边是他的母亲。

"快跟大家说再见！"母亲派头挺足。

立原顿了一下脑袋，仿佛是个机械傀儡。

"院长先生，"一个男子溜到院长跟前，"我也想出院。"

"快了快了。"

"我好了，让我出院吧！我康复了！"

院长挥挥手示意多言无益，笑着走开了。

"我已经好了，真的！"男子不离不弃，见院长不理睬便老老实实地转过身去，坐下盯住电视机。

给立原送行的一行人通过走廊来到大门口，立原母亲深深地鞠了一躬。

立原也鞠了一躬，机器人似的抬起头来，面无表情。

"多保重！"

"注意身体！"护士们异口同声祝福着。

立原大步流星地朝着医院门口走去，毫不感伤。母亲几次回身鞠躬致谢，又掉头追赶起儿子来。年轻人没打算留步等一等母亲，自顾自甩动双腿迈出医院。

"哎呀，你等等……"母亲仓皇跟出。

"那家伙还是有毛病。"樱田不知几时挨到了老六身旁，"过不了多久还会重犯。"

"瞎说什么呢！"老六伸伸懒腰，"一个人就那样离开了疯人院，迈向广阔的天地。不觉得感人肺腑、催人泪下吗？你出不了院，嫉妒了吧。"

"别开玩笑了。我比那家伙正常得多了，他是分裂，分裂治不好的。"

这时院长朝这边打招呼："那个，小山君……"

院长又叫来一个名叫关口、面色青白的男子。三人一道向院长室走去。

被落下的樱田刚想追上他们，腿脚又不听使唤了——心灵深处的咒语再次制动，他赶紧数起数来。

"……九、十——"这回数得畅快淋漓，抬腿追赶时三人已不见了踪影，于是断了念头回到温室里。

在温室门口，樱田撞见医院内部传阅杂志《旭之光》的编辑谷山。

"樱田君，你给这期杂志写点儿什么吧。诗歌随笔之类的都行。"

"我哪写得了。"

"你看咱们院里动笔杆子的人太少，每期都是小山君和女病房的泷泽两个人写些杂文诗歌随笔，还有小说呢。大家一起办的杂志嘛，院长也说了。"

"你写不就行了？"

"我负责写编后语,还要刻钢板……"

"不如让医生们写吧。"

"这怎么行,我们自己的杂志呀!我希望它能点亮大家的心。可是你瞧,来投稿的就两个人,还有这么多期要做,编辑不好当呀。"

"嗯,好好干吧。"

"这期杂志封面是旭日东升图:太阳从山头升起,照耀着山谷间的百合花。创意来自我的姓氏,做编辑的一点乐趣就在这儿啦。唉……光有个封面没内容有什么用。伤脑筋啊……"

谷山摇着脑袋走开了。

"那家伙有病。"樱田嘟囔着走向电视,发现墙壁前坐着一位五十岁上下的妇女,只是脸熟,不知姓甚名谁。

妇女一动不动地看着眼前的墙壁,时不时展开笑容。

"大姐你不看电视呀?"樱田打招呼。

"看着呢。我看这儿的电视。"妇女回答。

樱田仔细端详着妇女,顿悟,摸了摸妇女眼前的墙壁。

"这块就是电视啰?"

"嗯,演着节目呢。"

"那儿的电视不好看吗?"

"哪里有彩电好看。"

"哦……"樱田走开了。他回头望了望面壁的妇女,感到无比幸福,"这人有病,病得还不轻呢。"

2

"小山君最近怎么样？精神好吗？"院长一落座就问道，"你的问题就是精力过剩，还是安静点儿好。"

"我现在很安静啊，蔫不拉叽的。"

"关口你的情况怎么样？来，抽支烟。"

"没酒没酒了，森（什）么都干不了。"关口说道，一边接过院长递的烟，点上火，手指微微颤抖。

"我今天庆（请）两位来，"院长说话，发觉口音受到关口的影响，赶紧调整，"今天请两位来，是有事跟两位商量商量。"

"什么事？"

"你们也知道的，我们院致力于消除精神病医院给人的负面印象，采用作业疗法、运动疗法进行治疗，小山君你好像不太接受，但确实很有效，特别适合康复期的精神分裂患者，他们有自闭倾向，蜷缩在自己的硬壳里，断绝与外界的联系。"

"我觉得真的是这样。"老六插嘴道，"我本人就是一个实例。医院围墙外的一切跟我无关，围墙里才是我的世界。这个世界里各式各样的人都有，学校的老师啦，店老板啦，还有农民，这些外面世界的称谓在这里都不复存在，谁贼眉鼠眼，谁吃饭最快，谁胡闹了被押到封闭病房……谈的都是医院内部的事情。看报纸了解世事，感觉像是外国发生的事情，跟自己扯不上干系。"

"你说得不对,"院长说道,"精神分裂患者的世界比那还要离奇。他们呼吸着自己的空气,空气逐渐狭小紧缩,最终只覆盖在他们身体的表面。你也在封闭病房待过,见过这号病人吧。不说话不活动,跟植物差不多。"

"哦——"

"重症病人就是这样,症状较轻的患者也还是跟世界、跟他人无法顺利交流。大家聚在一起做运动,疗效就不错。比如办演出,自己演别人看,这样他们就知道除了自己之外还有他人的存在,从而与他人交流沟通。丧失沟通最要不得。我们院是县立医院,有好多转院来的老病号,不能不管他们,要不他们永远缩在自己的硬壳里。"

"哦——"

"我想了想,不如让大伙儿一起拍部电影。"

"电影?!"老六的嗓门大了起来。

"对,电影。患者们自导自演,完了大家一起看。电影记录着各人的行动,肯定很有趣,大家都有劲头,疗效不会差的。"

"太棒了!"

"小山君,听说你以前在剧团当过导演?"

"地方上的小剧团。"

"我想,是不是让你来当电影的导演呢?总归要有个主心骨。"

"这样啊!"老六的音量猛涨,"这是我的荣幸。小山不肖,蒙院长抬举,赴汤蹈火在所不辞!"

"别激动,别激动。情绪一眨眼就来,放松点儿。"

"哦——对于电影，我是个外行，摄像机也不会使……"

"不要紧，这位是关口君，摄像师。曾经是个战地记者，在太平洋战争中出生入死过，是个去过腊包尔①的勇士呢。"

"哎呀——有眼不识泰山，失敬失敬！"

说话时老六伸出手，将关口的手一把握住。

"不行了。"关口说道，一边往回抽手，看样子受不了小山的礼遇。

"有了你，我就天不怕地不怕了。那我立刻着手写剧本，从病人中选拔演员……"

"都说了别这么起劲，一开始就来个剧情电影，我看没人拍得了。先拍点新闻纪录片之类的。"

"新闻纪录片？怎么搞？"

"拍摄患者的日常生活嘛，也挺无聊的……你看'捉鼹鼠'这个题材怎么样？"

"鼹鼠？"

"听说当地鼹鼠大量繁殖，农民们怨声载道。我们院两公里开外就是农田，借辆卡车，让那些症状轻的患者去捉鼹鼠。我觉得挺有意思。你把现场拍下来制作成电影。"

"太小儿科了。不就是拍电影吗？要拍就拍一部有完整故事情节的、让外边人刮目相看的巨作。"

"能拍巨作当然好。别忘了治疗才是目的。"

"您放心吧，我写的剧本保证简单明了又有趣，就交给我吧！"

---

① 巴布亚新几内亚北部港市，位于新不列颠岛东北岸。

"我不行的，增（真）的，增（真）的不行的。"一旁的关口咕哝着。

"那你就写吧。选演员的时候不要光挑症状轻的患者，让那些跟正常人没什么区别的人来演，电影是好看了，对治疗可没好处。当然啰，重症患者就免了。对了，神经衰弱的人就不要参加拍摄了。还有，女病人这次就不用了，男女同台演出还早了点儿。"

"您这不是为难我吗？"老六不满道，"没女人的电影没气色。还有啊，除非是院长您钦点，我坚决不要说话不利索的家伙，这些人导演我说破嘴皮子他们也……"

"好吧，演员阵容由医局①与你们共同商量决定。"

"摄像机落实了吗？"

"医院买。八毫米，将就着用吧。"

"买个十六毫米的吧！比八毫米强多了。"

"好吧，那我再看看，大不了自己掏腰包买。"

"啊呀——太感谢了。您可真是位伟大的院长，精神病患者的领袖……您当然不是精神病啦……行！说干就干，我今晚就动手写剧本，一切交给我来办吧！"

老六伸出胳膊，一把抓住院长的双手用力晃了晃，而后阔步迈出院长室。

院长望着老六的背影，露出担心的神色。

"唉……我增的（真的）干不了……"关口嘀咕着跟随老六走出院长室。

---

① 日本的大学附属医院中的医疗部。

3

晚饭后的某个时间，以老六为首的关口、樱田、谷山等八名医院中的"文化人"齐聚在温室隔壁的图书室里。

"诸位！"老六开始报告情况，"我废寝忘食，写出三部剧本。主题具有鲜明的时代特征，每部都充满激情。第一部主要说的是某国派遣精神病人前往越南战场……"

"什么乱七八糟的。"谷山打断报告。

"嗯，很不正常……"

"这叫讽刺，不懂了吧？第二部说的是精神病患者制造氢弹……"

"这不更胡扯了吗？"

"你看你们还是不懂。讽刺！这叫讽刺！再不懂我也没辙了。还有一出，农村题材的讽刺剧。"

"你什么都要讽刺。"

"你们不想想，我们，也就是精神病医院的患者来拍电影，这件事本身不就是对外面世界最好的讽刺吗？什么越南啦、氢弹啦，外头的人都很害怕，其实呢，心里头都对它们充满了向往，渴望从一成不变的现实中解放出来。外面的花花世界把这种向往渴望打压在人的内心深处，而我们这些关在精神病院里的人却能够真切地感受到这种欲望，我们是上帝的宠儿。可惜你们都没有领悟到……连院长都没领悟到！

三册剧本他都看了，我辛辛苦苦写的越战、氢弹，他说这个咱们搞不了，一句话就给枪毙了。缺乏对艺术的理解啊……"

"不还有一个农村题材的剧本吗？"

"院长说这个好，表扬我了，说'小山君真有你的'。剧本里提到了鼹鼠，这院长也不知道是什么爱好，揪住鼹鼠不松口，一提鼹鼠就乐。"

"那题目是……"

"《鼹鼠皮帽》。"老六说明道……

故事发生在日本东北地区的农村。农业生产合作社的社长上唇胡子奇伟无比，人称"胡子王"，他是村子中最有权势的人。最近村中鼹鼠猖獗，毁坏作物，乡亲们苦不堪言。合作社社长向农民协会提议给乡亲们分发灭杀鼹鼠的新药"P·棒棒"。大伙儿集体赞成，唯有七十有二的万爷不点头，说是农协的药虫子治不了几个，倒是把大家伙儿的钱袋子给治瘦了，他提议："用啥药，不及咱一双手逮得快呢！"

合作社社长光火，要跟万爷赌治鼹鼠究竟是用药快还是用手逮快。他要求万爷十天内逮一百只，说要是自己输了"屁股上绑棍子，绕着合作社倒立走三圈"。万爷应赌，输了的话"买三升老白干"。

第二天开始，万爷在孙子的帮助下，一番辛苦后终于逮到一百只鼹鼠，扒了皮做了顶帽子，在双方约好的第十天上头得意洋洋地去了农民协会。输了赌的合作社社长最后也没在屁股上绑棍子，而是剃去了引以为豪的大王胡子……

"呵，这不挺带劲的嘛。"酒精中毒的林说话了，"就是那三升老白干要不得。酒精能把人类给灭绝了。"

"真了不起。比登在《旭之光》上头的稿件强多了!"谷山也说道。

"这还用说,施展拳脚的天地不一样了嘛!"老六趾高气扬,"一个是油印杂志,一个是电影,干劲就是两样。看看,一册小小的剧本,淋漓尽致地揭露了农村的封建性。镜头运用上再加上点儿前卫手法,效果肯定让那些凡夫俗子们目瞪口呆。"

"不可能。这哪里能行啊。"关口不安地环顾四周。

"对了老六。演员是关键,合作社社长和万爷两个人很要紧。"樱田说。

"说得对。那块不能有半点儿闪失。我写剧本的时候就开始思考演员的人选了,万爷就让隔壁房里的老斋田来演,那模样那气质,没得说!"

"演不了,演不了。老爷子是进行性麻痹,梅毒进了脑子里头,傻得一塌糊涂。"

"他围棋厉害得很,我还输过一回呢,还是短时间内惨败。听他们护工讲,那老爷子管你什么医生护工呢,统统干掉,真傻的话哪能老赢棋?"

"他也就下棋无敌,估计脑子里头就剩下棋的细胞了,别的什么都干不了。"

"这样啊……"

"有一回发橘子,他那个宿舍老爷子来拿的,规定一人一个,他们总共六个人,可他就是数不出个'六'字,脑子肯定坏了。"

"就这糊涂脑袋,哪里下得了棋。下棋得算好几步呢。"

"所以呀，他脑子里头尽是围棋细胞，黑黑白白……"

樱田正说话，图书室的门咣啷一声开了，一张黑脸两只青蛙眼闯了进来："小山师傅，让我上电影嘛——"粗哑呆钝的声音顿时充满整个图书室。

原来在决定拍电影的当天，老六便奔走宣传，在温室墙上贴出招贴画，上头写着口号："自己的电影自己拍！"

"我想当主角嘛——"黑人青年体格极好。

"你小子倒还知道主角什么的嘛。"林说，语气并非揶揄。

"我早就想当演员啦，电影的事儿我懂！"

"你等会儿再说，"老六说道，"现在我们大家正商量着演员人选呢，你到一边等等。"

"就是嘛。哪有自家送上门来的。"

黑人青年磨磨叽叽地走开了，突然老六一拍大腿："就这么办！让黑家伙上。还能在电影里探讨探讨种族歧视。"

"这哪行。你说把他搁哪儿？"

"你看……万爷的孙子怎么样？"

"东北农村冒出个混血儿？牛头不对马嘴。"

"有什么问题，那地方混血儿满地跑。"

"管他满地跑满天飞，我就受不了那黑家伙。"一位头发略显稀疏的中年男子终于开了口，"不能让他上，那家伙臭得很，臭得忍无可忍。就他站在我旁边，我可受不了。"

立刻有两三个人表示同感。

"黑家伙那玩意儿太大，有毛病的。"樱田也发表意见。

"原来你们都有种族歧视，太可笑了。算了，这事以后慢慢商量。"老六表示不满。

接下来大家讨论合作社社长的演员人选，有两三人推举林来演。

"院长说了，社长要让精神分裂的人来演。院长偏爱分裂啊，说他们有人类的尊严。"老六挠了挠鼻头，"依我看，社长可以是个傻帽，再给他配个跟班的。这个人物不是主角胜似主角，要紧得很，所以得选个脸蛋儿漂亮的来演。咳，其实我心里早就有人选了，这剧本就是按照他的形象写下来的。"

"谁啊？"

"我以前在封闭病房的时候见过一个人。名字记不清了，大概叫笠原吧，瘦瘦的阴着个脸。想象一下那模样，口中念叨着闹剧的台词……妙不可言！活脱脱一个安东尼·博金斯[①]。"

"安东尼·博金斯是个啥？"

"连安东尼·博金斯都不知道？怎么说呢，那张脸啊长得真有味道……反正电影里有我们自己的安东尼·博金斯出演，档次就不一样。"

"导演您都这么说了，就让他上吧。"

"导演？你小子真会说话，呵呵。能用好安东尼·博金斯的导演恐怕也不多吧。"

就在此时，老六心目中日本土生土长的安东尼·博金斯、被大家寄予厚望的笠原正处在一个相当尴尬的境地——从当天早上到现在，他一直藏在天花板上面，伺机从医院逃跑。

---

① 安东尼·博金斯（1932.4.—1992.9.）美国男电影演员。

从前的精神病医院是封闭的，所有的病房都上锁，把患者关起来。这么一关，自然就有人想逃到外面的自由世界中去，这一点不管是正常人还是精神病人都一样，是人之常情。于是精神病人们张罗筹措计划，硬是从这铜墙铁壁一般的病房中逃脱出去，过程中体现出的能耐和智慧，远非正常人所能及。

"二战"后，精神病院中刮进新风，越来越多的精神病院把患者安排在不上锁的开放式病房中生活，逃跑者反而少了——任何时候自由出入，病人们反倒不动逃跑的心思了。

话虽如此，医院中个别患者还是有突发性亢奋等症状，可能给自身或他人造成伤害，所以上锁的封闭病房仍然存在，实在是情非得已。其中的三成病人还是盘算着如何出逃。

笠原是个精神分裂患者，二十五六岁，性格温和，平时说话礼貌，态度举止可以说是唯唯诺诺。他这么小心度日事出有因：某个神秘的暗杀组织正在追杀他。

当初这个暗杀组织远远地监视着在田间劳作的笠原，路人、公交车的乘客中都有他们的人。出了镇子也是他们的势力范围，买电影票时站在身后的男子、茶馆里的女服务员……魔爪无处不在。他们之间用电波通信。笠原惶惶不可终日，终于有一天言行出了常轨，被送到这个医院接受治疗。自从给关进门窗紧闭的房间后，他从来没有这么安心过。然而暗杀组织还不死心，将魔爪伸到了医院。他们用电波给笠原发信息：躲在这儿还是白搭，照样宰了你。笠原觉得这儿也不安全，他爱他的母亲，决心死也要死在母亲身边，于是拜托医院放他回家，院方不予理睬。

他决心出逃，至今他逃过两次。第一次是在护工的监视下外出活动的时候，他溜到草丛里躲了起来，而后他走到三公里开外的火车站伺机混车回家，就在那时候中了医院工作人员的埋伏；第二次，他趁人不备出逃，这次没去车站，而是沿着铁轨步行了整整一天。院方寻人未果通知警察，当天晚报上便有《暴力倾向患者出逃》一文登出。笠原在家附近的车站边上被捕，院方人员赶到派出所时，他被关在一间牢房内，神色坦然。

后来他成了重点看管对象，无法出逃。就在那天早晨，笠原趁护工去监督早餐，潜入护工室，里头有个带合页门的储物柜，他踩着隔板往上爬，头顶碰到了天花板，天花板被轻易顶开，他干脆爬到了天花板上面，爬来爬去一番观察后发现只能从刚才的入口出去。他打算就这么藏着，待会儿趁乱逃走。就这样，他以精神分裂患者特有的那股子韧劲，一动不动、一心一意地等待着。

笠原没来吃早饭暴露了其出逃行为。一个医生和四个护工跨上自行车飞散而去，多方寻找后始终没有发现他的踪迹。时间一分一秒地过去，过了晚餐时间。

"这小子难道飞上天了不成？"在车站边埋伏了好几个小时的护工牢骚不断。

"这人没治了。"

"失踪快九个小时了，通知警察吧。"年轻的医生说道，"这也是万不得已。暴力倾向患者——就这么只绵羊？"

"再等等吧，大夫。等院长回来再说。"

"这要是给警察逮住了，警察说报警不及时，要怪医院的不是了。"

天花板下面，医生和护工议论着。天花板上面的笠原趴着，形状凄惨。从早晨到现在粒米未进，肚皮和背脊都贴在一块了，喉咙干渴难耐，然而最大的烦恼来自于下半身：尿快憋不住了。其实三小时前已近极限，硬是再憋三小时，惊人的毅力。然而现在毅力已经耗尽，耐力也近枯竭，他开始低声呻吟，出逃的念头早已抛到九霄云外，身体扭曲，胳膊硬撑着天花板。

笠原终于痛下决心开闸放水。他坐起身掏出那玩意儿，依靠在倾斜的房栋上，放松一忍再忍的肌肉……哗啦啦——巨大的水声响起，他着慌起来，赶紧用手捂住。洪流奔涌岂是人力可以阻挡的？尿液分成几股溅在膝头上，势头经久不衰。

他蹲着的位置下方是个六人间，六名邋遢的男子正铺着脏兮兮的被子。在封闭病房里，晚饭一过就让病人铺被子睡觉。一是护工图自己方便，另外封闭病房没有什么娱乐设施，病人醒着也是醒着，不如让他们早点睡。

——一个人刚要钻进被窝，发觉有水滴落在枕边，抬眼看了看，说："下雨啦——"

见水滴不止，一个机灵点的患者跑到护工室去报告。护工望着水滴愣了一阵，突然大喊起来："好你个家伙……找到他啦——"

马上有两个护工从储物柜爬上天花板，电筒光中浮现出精疲力竭的笠原。他软软伸过双手，无力地叫了一声"妈妈……"束手就擒。

之后他被关进保护室以示惩戒。所谓的保护室就是门上只有一个猫眼的单人房，专门收容有暴力倾向的患者，笠原嘛，就是罚他一罚。

被老六盛赞为安东尼·博金斯的青年眼下正木木地坐在简陋的地板上，眨巴着眼睛不安地望着四周的墙壁。

4

"首先得拍外景。"老六说道。

自从得了导演名号,老六习惯性地双手叉腰,或者慢悠悠地盘起胳膊。

"啥叫外景?"

"鼹鼠的栖息地嘛!我们得先拍下土地被鼹鼠糟蹋得一塌糊涂的场面,顺便把鼹鼠的生活也拍进去。最好用迪斯尼风格,把鼹鼠拍得大大的……"

"板(办)不到,绝对板(办)不到……"关口说。

"鼹鼠这东西乍看还挺可爱,胖乎乎的,天真无邪,傻傻的,挺搞笑。可是你一给它放大,就能看到它的前肢壮硕无比,吭哧吭哧刨个没完,正好象征了广大民众的伟大力量……"

"这鼹鼠跟我们平常说的鼹鼠团儿有啥不一样?"谷山发问了。

"一样的。"

"说鼹鼠团儿感觉还挺可爱,说鼹鼠就挺瘆人的。"

"没错,瘆人。"老六吐了一口唾沫,说道,"可以说它象征着大自然的恶意。"

"莫名其妙。"樱田说道,"又是民众的伟大力量又是大自然的恶意,有毛病……"

"你懂什么。事物是复杂的,其含义并非唯一,而是各个含义的综合体。一只鼹鼠也不例外。正因为是这样,你我不都进了疯人院吗?"

"什么逻辑……反正我是正常的。"

"行了行了。"林插嘴道,"剧本上写着万爷要逮一百只鼹鼠,这事怎么办?"

"这我倒没想。一百只鼹鼠抓不了,二三十只总归是要的。"

"万爷怎么逮鼹鼠呢?"

"这我也没想过。挖鼹鼠洞,直捣老巢,要么就是设陷阱,等待鼹鼠前来就范……"老六信口雌黄。

"陷阱?没听说过设陷阱逮鼹鼠的。"

"不懂了吧。陷阱的种类多着呢,有逮兔子的,有逮狐狸的,还有逮熊的。这鼹鼠怎么就不能用陷阱来逮啦?"

"那逮鼹鼠该用什么陷阱呢?"

"啥事都我来拿主意,要你们干吗?"

"鼹鼠吃什么?"

"不知道。估计啃啃树根草根吧。"

"导演,不是这样的。"一旁响起一个声音,"鼹鼠吃蚯蚓、芋虫、蛴螬,听说食量惊人。它到处挖洞,其实也有老巢,找到它可不容易。"

"哦——原来是食肉动物啊。"老六自语,"这就好办了,把捕鼠器安在鼹鼠洞里或者洞口就行了。好了,我跟院长商量商量动手逮鼹鼠,到时候拍纪录片就拜托你了。"

"那我试试看,希望不大……"关口小声嘟囔着。

医院里除了户外作业疗法，病人们还在室内制作箱子和笼子。老六跟医生打了招呼，让全体病人各自研制捕鼠器。老六说自己也不懂捕鼠器的优劣好坏，所以每个人都应该发挥自己的想象自主研发。收集蚯蚓的工作同步进行。护工受老六之托，外出寻找合适的外景地，回来后报告说离医院不到三公里处有一块新开垦的土地，发现大量鼹鼠的堆土——当年鼹鼠着实猖獗。

摄录设备很快备齐。摄像机最终降格为不用对焦的八毫米，但其他设备诸如后期录音用的盒带录音机、编辑机、胶片、室内照明用的光圈灯等一应俱全。院长似乎下了血本。

万事俱备后的一天，老六实施了鼹鼠大追捕兼外景拍摄。卡车没能借到，他们就把摄像机和铁锹、棍子以及各式各样的捕鼠器装上医院的面包车，导演、摄像师也坐了上去。另有精挑细选的男性患者三十余名，在一名医生、三名护工的带领下步行至外景地。

出发前老六神采飞扬，逐个仔细检查患者们带来的捕鼠器，放上车子。捕鼠器有的像盒子，有的像笼子，还有的像是用来捉虫子的。就凭这些能逮得了鼹鼠？看着千奇百怪的设备，院方工作人员相视苦笑。老六满不在乎，他认为用来逮鼹鼠的东西当然能逮到鼹鼠——一种无可救药的乐观。

这时一名男子递来一个细筒状的竹编物件，老六不禁问道："这怎么用？"

"这啊，塞到鼹鼠洞里头，鼹鼠钻进来，四肢就卡住了，不能动弹啦——"

"直径不到三厘米……鼹鼠哪里钻得进？"

"是吗……"

"我说你见过鼹鼠吗？"

"见过。"

"钻不进去吧？"

"鼹鼠不就这么大吗……"男子微微张开拇指和食指比划了一下。

"傻瓜，这不是土狗子吗？伤脑筋呐，我这导演呀，忙得很！没闲工夫连捕鼠器也要过问。行了行了，我收下了，说不定能逮只小鼹鼠。"

外景地的田地已经开垦了一半，遍地是枯萎的灌木根，未开垦处则生长着高大茂盛的杂草杂木。远处已是一片良田，农夫的身影隐约其间。

大家徒步行走三公里，终于到达目的地，累得够呛。乘车来的导演没等大伙儿缓过劲来便急急忙忙地下达起命令来。

"你看你看，果然满地都是鼹鼠的堆土。所谓百闻不如一见，这下子万爷逮到一百只鼹鼠也不奇怪，相当写实嘛！"老六颇为得意，"大伙儿加把劲，把捕鼠器摆好啰！关口君，鼹鼠的生活图景就交给你了！"

"我该怎么拍呀？"

"站在洞口边拍，肯定行！这么多人闹哄哄地跑来跑去，总该有一两只出来探头探脑的，你抓拍下来。喂——大伙儿听着，一有动静就喊摄像师过去拍。逮到鼹鼠的评劳模喽！"

一伙人拿着自制的捕鼠器，胡乱摆在起伏不平的地面上。大部分人懒洋洋的没精神——他们不知道自己在干什么。一个人把盒子状的捕鼠器顺手一扔，在上头稍稍捂了些土，站起身呆呆地望着大家忙碌的背影出神。

当然，热火朝天者还是有的。有几个人端着铁锹把附近的堆土翻来覆去挖了个遍。更有堪称劳模者，挖了个能容得下自己身体的大坑。

导演满意地点着头，对关口说："把大伙儿干活的场面拍下来。说不定能派上用场。这算是纪录片吧，院长看了肯定开心……他怎么就那么喜欢鼹鼠呢？"

关口摄像师这回连"我办不到"都不说了，反正说了也是白说，顾自拿起八毫米的机子吱吱拍摄起来。这时体格硕大的黑人青年从侧面猛然跳到摄像机前站住，露出两排雪白的硕齿。

"你别碍事！躲开躲开！"

"我……我想拍电影嘛——"黑人青年嚷嚷道。

"行了，电影有电影的需要……"

"让我上嘛……"黑人青年挥舞着手臂。

关口师傅把这一幕一五一十完整记录下来，几位患者也注意到了有人在拍他们，纷纷聚到摄像机跟前，有人僵僵地摆姿势，有人望着镜头笑嘻嘻。

"你拍这些干吗？关机关机。又不是拍纪念照。"老六大声说道，"大伙儿都下去捉鼹鼠吧。你，一边玩儿去。"

"让我上电影嘛——"黑人青年依然摆着造型。

"你的热情让我感动。我早就想让你上电影了。好吧，下一部电影里一定有你！"

"真的？"丑陋的大白牙再次暴露。

"嗯，你就放一百个心吧。现在你去捉鼹鼠，逮不到鼹鼠当不了演员。懂了没?"

"我……我怕鼹鼠嘛——"

"怕鼹鼠?鼹鼠天真可爱……亏你长得人高马大的。"

"鼹鼠咬人的。"

"不咬人,顶多舔你几下。真要是咬了你我可不负责,要不你就这样,捏它的背。"

"刚才看了,没鼹鼠。"

"你得仔细找,敌人藏在土里嘛,所以要用捕鼠器。你要是发现了鼹鼠,就给你记一等功,让你上电影!快到那头去转转,看到堆土用棍子戳!"

"嗯。我还是怕……"怕归怕,黑人青年的目光坚决起来,走到一旁劳动去了。

随后,导演率摄像师四处视察,发现泥土上洞里头到处都有不中用的捕鼠器。

"拍这儿。这些捕鼠器都是万爷和他孙子摆的,尽可能拍到鼹鼠被逮住的情景……算了,迟早拍得到的。最好能拍到二三十只鼹鼠撂成一堆,咕噜咕噜地……"

老六边说边走,迎面有棵大树,一男子正向上攀爬。上树后,他在树杈上摆了一个虫笼样的玩意儿。

"喂!你干吗呢?"

"啊?"

"说你呢。"老六抱起胳膊,"你觉得鼹鼠会爬树?"

"啊?"

"我是说啊,这鼹鼠它是怎么爬上树的呢?"

"哎——"男子为难起来,从树上往下看。

"伤脑筋啊。鼹鼠又不是鸟,这都不懂。我这个当导演的,总不能挨个教你们鼹鼠不会爬树吧?带着这帮人拍电影,就是再大牌的导演也没辙。"

此时远方传来一声怪叫:"哇呀——"

附近的患者缓缓站立起来,朝着声音传来的方向望去——远处的田地里,黑人青年飞也似的奔过来,仿佛一只被踢飞的足球。

"哎哟喂——鼹……鼹鼠!"

黑人青年跑到老六跟前,两只青蛙眼一鼓一鼓的:"棍子戳到个软不啦叽的玩意儿,动着呢!吓死我了……"

"胆小鬼。大伙冲啊——"

导演一声令下,立刻有十来名患者手持棍棒铁锹赶赴事发地。一阵猛铲狂挖之后仍然不见鼹鼠踪影。

"鼹鼠逃得真快……诸位,鼹鼠神出鬼没,这一带的田地到处都是鼹鼠的堆土,泥土松软好挖,我们要用一切手段围追堵截,将鼹鼠一举抓获,行动中注意别伤了人家的麦子。喂——那边的人都过来——"

不一会儿,患者三三两两晃晃悠悠四散开去。老六看得心焦:"真叫人着急啊,那些家伙怎么就那么能磨蹭呢。关口君你看,他们都是精神分裂和弱智,大夫偏偏给我安排了这些人……没治了。哦,对了,关口君你看,那人还在树上趴着呢,算他有能耐,拍拍他,片子里哪儿能用得上也说不定。"

两人折返到死揪着树枝不放的男子旁。

"要是樱田在,他肯定说有毛病不正常。我看他真的有病……完了,我没信心了。你看看那儿的捕鼠器,就这么轻轻一扔……别的不说，连个开口都没有！真想哭啊，早知道该让正常点儿的人来的……就拍那人！你要是撇下他不管，估计他能在树上待个百来年。"

关口开始摄像，机器发出吱吱声。

"你抖什么呀。看你，晃得这么厉害。"

"我……我……增（真）的干不了。"

"什么'我我'的，话都说不利索，舌头打结了？"

"这么说话才心安。正好符合我现在糟糕的处境，是一综发泄情绪的方式吧。"

"看你模样还挺正常，就是手不停哆嗦。"

"根本不行，晚上随（睡）觉的时候最厉害，心脏怦怦跳，一会儿森（身）体就抖起来了，简直要崩溃了。我不行了。"

"矫情什么。什么我不我的。天哪，这样要命的剧组。就是黑泽明①也别想打奥斯卡的主意了。"

导演惆怅地叹了口气。

突然远处传来惨叫，以黑人青年为首的一大群人争先恐后地往这边跑来，紧接着是农夫的骂声。看样子是毁了田地，农夫追赶过来了。

"一个个熊样！"老六怒吼，"连小孩都不如……不过你说这正常人也真可怕，一个人就能让一群疯子哭爹喊娘。"

---

① 黑泽明（1910.5—1998.9），日本电影导演，在国际影坛上享有盛誉。主要作品有：《罗生门》《影子武士》《乱》等。

5

鼹鼠大作战以零战果告终。

导演无奈,只得把电影的外景暂且搁置一边,转而投身室内剧情的拍摄。温室被布置成合作社的会议室,洋气得很,拍摄农协会议的场景,这是电影的高潮部分:万爷展示鼹鼠帽子,逼合作社社长就范。为什么先拍电影结尾?是因为导演出师不利,一气之下来个大跃进?非也。是因为在排演影片开头分发鼠药"P·棒棒"一幕时,演员们的表现不尽如人意。

精神分裂是一种复杂的病症,有几种类型,康复期的病人大多表情呆滞,不善表达喜怒哀乐。农协第一次会议排演期间,病人们演得死气沉沉,感情毫无起伏。

"鼹鼠这家伙真闹心。大伙儿都有啥法子把它给治喽?"演员逐字念台词,完了紧闭双唇,石像般僵立着。

其他暂时没台词可念的演员更加沉默,事不关己,高高挂起。导演说"该你们了",这才卖力而呆板地诵道:"就——是。"说完又是装聋作哑。

导演喊破了嗓子要演员"充满感情",没人理会他。有些演员心里放不下一旁的摄像机,时不时地朝它瞟上几眼……

于是导演决心把影片末尾的高潮部分提前拍摄,给大家提提气,以便在演戏时投入感情。

万爷呱唧呱唧踏进农协大门，一甩手"啪"地把百只鼹鼠皮缝制而成的帽子（类似南极探险用的风雪帽，破布制成）往桌上一扔，大伙儿吃了一惊，感慨万千。万爷说："社长，这下俺可得委屈您倒立走三圈啦。瞅瞅，这就是一百只鼹鼠皮，俺给做了个帽子戴戴。"

社长愕然，输得心服口服："俺给您赔不是了，您高抬贵手饶了俺。"

……导演宣布先拍这段。

"导演，不对，"樱田说，"您不从头开始演，大家不都糊涂了吗？"

"没事儿，不拍这段来劲的，那帮人的脸部肌肉动都不动一下，比木头还像木头，一群傻不啦叽的木头人。医院里头明明有中用的，院长好的不挑，偏偏给我挑了些差的。安东尼·博金斯都不能用……"

"别激动，反正大伙儿都有毛病，电影当然乱七八糟啰。"

"你说我有毛病？"

"别激动嘛——你果然不正……"

"胡说！我是导演，院长全权委托的导演！"

"可是……"樱田话音戛然而止，心灵深处那道神秘的咒语再次掐住了他的神经，他赶忙数起数来。

"一二三四五……"

"可是什么？"老六质问道。

好不容易数到九，十刚要出口就被老六打断。可怜的樱田只得重头数起。

"一二三四……"

老六以为樱田投了降:"算了算了,这儿交给我了,导演必须是独裁者,我虽然没长社长那样的'大王胡子'……"

"十——"一瞬间樱田功成名就,"可是你还是不正常……"

"你怎么还说?"

"行了行了,老六,"林来打了圆场。他是医院中唯一参加演出的文化人,也是刚才台词念得最棒的,"你看看,围了这么多人,拍戏要紧。"

果然,摄像机周遭围了一大群演员之外的患者,有人好奇地拨弄着三脚架,有人瞅着取景器,取景器另一头也有个人瞄着,前者噘起嘴生气了:"什么都看不到。"

"大伙儿严肃点,这儿拍电影呢。关口君,别让他们瞎碰摄像机,死守岗位,人在机在,人亡机亡。"

老六教给演员一字一句一招一式,扮演万爷的围棋高手老斋田总是听不进导演的话。

"错了,错了!慢吞吞走进来算什么啊?你。要有一种和社长决斗的意志!呱唧呱唧走进来!把帽子这么啪地往桌上一甩……再来!"

老斋田吃力地把同一个动作做了三遍。

"大家伙儿,今儿个天气不错……"

"你胡说些什么呀!社长,这下俺可得委屈您倒立走三圈啦……你得大声嚷嚷懂不懂?喂喂喂,那个不是社长,林才是社长!"

"社长,今儿个天气不错……"

"哎哟,我可真要发火了。社长,这下俺可得委屈您倒立走三圈啦……就这么句台词,你怎么就记不住呢?围棋细胞也在演戏上头用一用嘛!再这样你永远别想出院。"

老斋田眨巴了几下眼睛,说:"我呀,不出院最好了。"

"啥?你想在这儿待一辈子?"

"我回家了也没人管。这儿大家都待我不错,还能下棋。我要在这儿待一辈子。"

"呵,你想待就待着吧,台词可不能含糊。再记不住马上让你出院!"

老斋田光秃秃的脑袋朝着导演颤颤巍巍地点了一下。

三分钟后……

"说几遍你才懂?这下——俺可得——委屈您……短短几个字累成这样。马上让你出院!"

老斋田着实可怜,皱巴巴的脸眼看着扭曲变形,口齿含混:"我……不做坏事的……我……跟大家……一直都是好朋友……没……没做过……坏事的……我……演不好电影……你也……也用不着这么凶啊……电影我……啥都不懂……不是你……你硬把我……扯到这儿的吗……凶巴巴的……对老人讲话……干吗啊……我……什么坏事也……"说着说着,老斋田哭得一把鼻涕一把泪。

老六见状心软起来:"别哭了,我也不是有意为难你们……"

"我……我没做过一件坏事……和大伙儿过得好好的……"大颗的泪珠从老斋田脸上滑下。

"行了,别哭了,老爷子你说的我懂。这么大把年纪了还哭得稀里哗啦的,您爱哭是因为您太会下棋了,医院里没人是你对手，本来就不合理，下回你输个几盘。别哭了啊，你一哭我……"

老斋田的眼泪有如决堤洪水一发不可收。他有情感失禁的毛病，缺乏对喜悦和悲伤的控制力，高兴起来嘻嘻哈哈笑个不停，伤心流起眼泪来要刹住车可不容易。眼泪从他脸上两条无神的隙缝里不断溢出，爬过皱巴巴的脸颊，把整张脸渲染得愈发浑浊悲怆。

老六最终动了怒："你打算哭到什么时候，又不是幼儿园的小朋友。唉……拉倒吧，用这帮人拍电影，几万年也成不了……几时才能喊'预备，开拍'呀，我太想说这句话了。行，就按你说的，老爷子，你不用上戏了，我找个人替你。"

老六踱来踱去，停步："大伙儿听着，今天的拍摄到此结束。丑话说在前头，电影我是拍不下去了。开什么玩笑……收拾收拾现场，收工了。"说完双眉紧蹙，以平时的两倍步幅迈出了温室。

樱田目送他出门，幸福地低语："他果然还是有病呀。"

老六的亢奋情绪日益剧烈，不知疲累地四处寻找代替斋田老人的演员，终于找到个能说台词的，只不过刚刚四十来岁，得戴上假胡子。老六托人买来油彩，准备实打实地给演员们化妆一番。

老六发号施令时的态度、语气日益粗暴野蛮起来。一位患者昨天还能顺顺畅畅地背台词，今天卡了壳，气得他发飚："蠢货！你是真正的蠢货！"

"昨天傍晚被电了，什么都不记得了。"

"被电了？电击治疗吧，那个不好。我跟医生说说，让他们在电影拍完之前别电你。"

最让人受不了的是，他扬言自己是医院中的最高权威，治疗啦、出院啦、都由他一个人说了算。

"嗬！你小子演得不错，待会儿正式拍的时候表现好，我就让你出院。"

"真的吗导演？"

"那还有假，医院的价值全在于我拍的这部电影上头。"

"请导演大人放我一马让我出院……"又一个男子恳求道。

"前提是演好戏，懂了吗？马上开拍了，演不好一辈子都别想出院！"

导演最后吩咐了几句，跳到摄像机旁，抬起一只手，"预备——"挥下手，"开拍！"

摄像机开始吱吱转动，围着桌子的农协委员怯生生地演起戏来。突然……

"停停停！"老六嚷嚷起来。

念着台词的人还算过得去，其余几个总是在意吱吱作响的摄像机，时不时瞥上几眼。

"要我说几遍？别看摄像机，别看摄像机……再看就送你去封闭病房！哭也好叫也好没人理你。"

院方看不过去老六的言行。尽管当初院长的意思是拍电影的一切事务由病人自己处理，医生和护工不作任何干预，去现场探班的护工还是报告了导演的过激行为。

院长把导演叫过去说了几句，说拍电影本身就是一种消遣，太较真的话反而对患者不利；每天拍摄有些过了，改成一周一拍。院长命令不可违，老六闷闷不乐地回到病房，这一周的等待让他的精神状态更加糟糕。

他满脑子是电影。各个场面如何导演？种种想法纷至沓来。脑子里一个主意刚刚消隐，又蹦出来一个，这让他坐立不安，在病房中不停踱来踱去，见到演员就说："你没忘台词吧，反复背才记得住。关键是要全身心地投入角色中去……"话匣子一开没完没了，还东拉西扯出一大堆其他事。

他的大脑思维活跃，嘴上叽里呱啦说个不停，心里头的某个角落又在思考另一件事，突然大喊："不能这样拍……"跑遍整条走廊找到摄像师商量片刻，中途顿觉台词有不足之处，瞬间闪人，找到剧本修改后寻来演员："台词改了，我说一遍你跟着念。能不能出院就看你表现了。"

他是多么想拍电影啊。急归急，摄像机被院方藏了起来，一周只能用一回。

一周过去。清晨五点半，关口被人用力摇醒，睁眼见老六杀气腾腾地站在床前。

"起来起来！"

"出事了？"

"今天拍电影。"

"噢，现在几点了？都睡着呢。"

"叫醒他们。"

"胡来……"

"什么胡来，真正的电影可是没日没夜拍的。咦？你今天说话挺顺溜的嘛。你看，给你点压力就好了吧，不说'我我'

了。所以大家也需要压力,争取在早饭前拍完一两个片段。"

导演当真把大家都给叫醒了,护工不同意一大清早就开工,不给摄像机。老六与之辩论许久,气得浑身上下颤抖不止。

好不容易等到早饭结束,立马开机。导演变本加厉地骂人,有人行动不利索了就一把抓住他的肩膀,死命晃荡起来。谁知这个平日呆若木鸡的患者突然以迅雷不及掩耳之势朝导演胸口重重揍了一把。

老六向后踉跄了几步,骂道:"反了你!敢对导演动手……"这时,那男子大喝一声:"你他妈的……"一个虎扑过来。

"看我不收拾你……"

两人扭打在一起,在地上翻来滚去。一伙人眼睁睁地看着两人互殴,没人出面劝解。等到护工赶来将两人拉开,他俩的衣服已经撕成了破布条。医生随后赶到,当场中止了电影的拍摄。

之后,老六的精神状态更加坏了,动辄开口骂人。首当其冲的是院长,医生、护工、护士以及全体患者都被他骂了个遍。护工给他灌药,"什么呀!不吃!"顺手把药甩到窗外,又说,"这药哪能治病?"又一把夺过其他病人的药,统统扔掉。

院长以老六扰乱治安为名,将其打入封闭病房。

"导演进封闭病房了,电影拍不成了。"林说。

"导演太投入了,听说那叫狂躁病。"谷山说。

"我可松了口气……"关口说。

"一群精神病人怎么拍电影?绝对拍不了。"樱田说。

6

老六愤愤地踱步于封锁病房的走廊下。封锁病房是幢老旧的建筑，空气中飘荡着陈腐的气味。

"世上竟有人关导演！没我拍不了电影！谁都不懂艺术。起来，饥寒交迫的奴隶①——把我当成谁了？想当年演剧研究会的久保荣，大家都称呼他久保老师，就我叫他久保君！戎装红领万朵樱②——"

老六咆哮不止，病房中仍然一片静寂。走廊那头伫立着一个邋遢肮脏的男子，丝毫不介意老六的发泄，顾自用手指抠着牙，不时嘀咕上几句。走廊尽头有护工室，护工正悠闲地看着报纸，没有要干涉老六的意思——封闭病房里这样的人见多了。

当老六用最大音量吼唱《我的太阳》③时，护工室的窗户打开了，传出一个男子的声音："您要是再闹，只好请您去保护室做客啰。"彬彬有礼的威胁。

"哎哟，怕你啊！屁玩意儿……"嘴硬归嘴硬，心里头发了毛。

入院之初他闹腾得还要厉害，成了保护室的居民，过着

---

① 《国际歌》首句。
② 日本旧时的军歌。
③ 意大利名曲。

不堪回首的非人生活……这点理智他还是有的，加上刚才瞎折腾了半天，口干舌燥的自讨无趣，便停止了放肆，转而把矛头指向病房中的患者。

他走进一间病房，见一男子相貌堂堂，但身着破衣烂衫，紧贴墙壁坐着一动不动，双目直视前方眼皮一眨不眨。

"你长得还不错。有没有兴趣演电影呀？"老六跟他打招呼。谁知对方双目依然直视，眼皮依然不眨，姿态原封不动。老六心想好你个家伙，在他眼前挥挥手，扒开下眼皮做鬼脸，没有招来任何回应。老六觉得没劲，放弃调戏。

在下一间病房里老六遭遇劲敌。可容纳八人的房间中只住着一个人，八条被子相叠，此人端坐被子顶端——满脸胡楂，大热天穿着厚棉袍。他见老六进房，厉声喝道："新来的吧！吾乃牢大王，速速近前鞠躬行礼！"老六不快，与之对骂三十分钟有余。两人最终没有诉诸暴力，原因有二：被子摞成的宝座实在是高，他俩揪不着对方；牢大王执著于其至高无上的地位，不肯下凡作战。

这回老六来到一个大房间，房间大约五十平米，人多得很，靠着墙有坐有站的。老六快步走到某人跟前说道："你真了不起！"

"哎？"男子抬起他温和的圆脸。

"大伙儿都在发呆，就你在用功。写什么呐？我是电影导演，院长一样的大官。给我看看。"

"哦——"

老六接过纸片瞅了瞅，纸上密密麻麻地写着像汉字又不是汉字的文字。老六逐字看："不出所料，胡写一通，不愧是封闭病房的。你，知道导演是干吗的吗？"

"哦——"

"不知道了吧。所以你才会被关在这里。我现在也落魄了……"

老六正慨叹失意，有人喊他："导演——"一个黑影伴着呱嗒呱嗒的脚步声窜到眼前——黑人青年前来拜访。

"是你小子啊！我说怎么这阵子见不着你了呢，原来上这儿来了。你小子有前途，叫我导演的你是第一个……你怎么进来了？"

"我，不知道啦——"

"岂有此理！连乖孩子也抓。"

黑人青年患的不是单纯的神经衰弱，他还有癫痫病，病情一直比较稳定。最近一段时间出现了朦胧状态，就像梦游一样，不知道自己的所作所为。考虑其危险性，院方把他移送到封闭病房。

"导演！电影咋样了？"

"一步一个脚印，扎实着呢。等着吧，现在的拍完了就让你上……"老六话音戛然而止，紧接着一声大叫，"啊！安东尼·博金斯！"把黑人青年晾在一边。

脱逃惯犯笠原蹲坐在墙角根，双膝摆得齐齐整整，轻微哆嗦着。经过药物和电击治疗，幻听消失，最近暗杀组织的电波已经收不到了。他个人认为是他们放弃了追杀行动，如今总算天下太平，脸上畏畏缩缩的表情退去不少。

仿佛笠原是个有几十年交情的挚友，老六待之亲切有加："能在这里遇到你，我算没白来。你出不出演，关系电影格调高低,下次我跟院长说说让你上!"

"哎?"对方死死地盯着老六。

"拍电影呀!大伙儿一块儿拍电影。了不起吧!我每天教你台词,你得记住啰!记住了就能出院……"

话音未落,身穿白大褂的医生和护工走上前来:"笠原君,你今天可以去开放病房了,还可以外出,开心吧?快,收拾收拾行李。"

笠原一愣,随即站起身来。

老六着慌起来:"医生,他要去开放啦?"

"对啊。病情好转了就能去开放,然后出院。你好了也能去,记住别太折腾了。"

"哼!我爱怎么样就怎么样。这家医院不就是不让我拍电影嘛……惨无人道!你们会后悔的!"

医生不理他,带着笠原走开了。

晚饭时间到了。开放病房有间像样的食堂,这儿就是一间大屋,中央摆张桌子,上头摆着餐具,病人成排端坐。封闭病房的病人们要么像石佛般岿然不动,要么就是望着窗外发呆,到了吃饭时间,每个人都表现出了惊人的敏捷,迅速精准地落座。某男子入席的同时对比他与邻座的菜盘子,见对方菜多便快速对调。对方也非泛泛之辈,出手争夺,双方相持不下。老六也开始了争吵,对手正是走下神坛的牢大王,眼下正坐在老六的对面。护工出面干预,把老六的座位移到餐桌一头。老六刚要提出申诉,发现其他患者开始陆续收拾起餐具——晚饭时间结束。老六见状赶忙扒起饭来。

收拾完餐桌,十余名患者被护工叫到外头,吃药时间到了。老六也在此列。与开放病房不同，这儿的许多患者不会自行服药，护工让他们"啊——"张大嘴，放进药片，喂水，最后确认药片确实落肚。

"用这种对待儿童的方式来对待我们。你们无视人权！"

"那你自己吃！"

老六挑衅似的接过药顺手就扔了。封闭病房的护工奉行简单粗暴的原则，一个人冷不防抱住他，另一个人捡起掉落在地的药片，捏住他的鼻子硬塞进嘴里，灌水……他们松手后老六破口大骂，对方倒是心安理得。

服药结束后病人们开始铺被子睡觉。有两三个人蹲着不睡，护工安排他们睡下，啪地关上了灯。

"干什么！我还要写作！"老六怒吼，无人响应，只得走到亮着灯的走廊下，动笔写向院长表示抗议的战斗檄文，写一行怒斥院方无礼，写一段痛陈护工暴行，四周寂静一片无人喝彩。老六吼得疲累，回到病房钻进被窝："简直是文明人到了野蛮人的部落……"恨得牙根痒痒。

深夜，黑人青年的被子咕咚咕咚一动一动——他有每晚自慰的恶习，被发现难免一顿痛骂，只好等到夜深人静时行事（夜未深时，其他患者都入睡了，护工们搞突击检查，有时还掀他被子）。

完事后黑人青年上厕所，折返途中无意发现走廊一头的角落里有个人影，黑人青年快步走进房内，靠在门框上探出脑袋屏息吞声看个究竟。

黑人青年头脑简单性格顺从，护工让他做协管员。比方说有病人吃饭时只是坐着低头不语、旁人伸手来夺其食物时或者有人企图逃跑时立刻通报。

现在，黑人青年以野生动物般的坚忍悄无声息地窥视着。人影不断运动，那头是紧急出口，封闭病房年久失修，门窗老化，曾有患者破坏门锁出逃。现在门上杵着大门闩，锁上加锁。那人影看样子是要开门。

眼下发生这种事理应马上通知护工，但黑人青年没有采取行动：那人正卸着门闩，是不是真要逃跑呢？现在下结论为时过早，只能静观其变。心脏在黑人青年的胸腔中怦怦跳动着，夜晚的燥热让他满脸是汗。

许久，门那边传来喀哒一声巨响，门闩被卸下。护工室那边没有动静，这时又传来啪嚓声，门被推开了，人影从门缝中溜了出去。

黑人青年把眼睛睁得大大的，认定此人确实逃跑之后大叫："有人逃啦——"同时奔向走廊拐角处的护工室。

逃跑者正是老六。他极度愤慨，夜不能寐，好不容易睡意袭来迷迷糊糊的时候又被屋外恼人的脚步声和怪叫声吵醒。他以为出了事，起床看个究竟，到了走廊下，一眼就瞧见紧急出口的门开着，心生逃跑之意。其实他压根儿就没打算溜出医院，只不过想潜入开放病房捉弄樱田他们。谁知后脚没迈出门，身后已经是一片追兵的脚步声了。

"你这个家伙……"护工一把揪住老六，又来一人帮忙按住，老六很快束手就擒，被打入牢狱一般的保护室。

十天过去，二十天过去，一个月过去了。

这期间开放病房中发生了一些变化。电影拍摄虽然中止，以往拍摄的胶片都冲洗出来了。院长召集全体患者到温室，播放当日的情景——虽然只有逮鼹鼠和农协会议等几个片段。

患者们反响热烈，疗效之好出乎电影疗法的提议者，也就是院长的意料之外。

观众一反平日的呆钝："哎！是野口呀。""那是我！""哟，动了动了！"气氛热烈活跃。

画面上出现的不是陌生人，是生活在一起的同伴们，还有活生生的自己！他们活动着，眨巴着嘴说话。自我封闭的病人们第一次从外部观察自身，尤其是扮演角色的患者，其反应更加强烈：当时被老六生拉硬拽到摄像机前拍电影，挨了老六的批评闷闷不乐，要么就是瞎演一通。如今这一幕幕都上了银幕，如同照镜子一般。他们看得有滋有味，面无表情的脸上绽开了笑容。此时此刻，他们似乎有了模糊的认识：不理睬别人说话是多么不礼貌，朝镜头看有多么可笑。

在这之后，陆续有声音说想拍电影，想演电影的人也多了起来。院长召集文化人商讨，无人主动请缨担当导演一职，无奈之下只好拍摄患者接受运动疗法和作业疗法时的场景，权当救急。

还是有人希望能继续拍《鼹鼠皮帽》，他们聚在一起时议论：

"导演疯掉了。可惜啊可惜。"

"老六老师后来咋样了？"

"说是成天跟牢大王拌嘴。"

一旁站着黑人青年，前不久刚从封闭病房出来，面色沉痛："导演你怎么不快点儿好啊——你看我都好了……"

7

两个月过去了,夏末秋初,老六回到了开放病房。

认识他的人无不大跌眼镜:老六极其和善谦恭,彬彬有礼。

"各位好久不见。"老六说,"前些日子给大家添了不少麻烦。"

"老六啊你咋啦?一本正经的。大家都盼着导演回来呢,回来拍《鼹鼠皮帽》。"

"我很高兴大家这么想。关于这部电影我想了很多,也作了自我检讨。希望大家能齐心协力,把电影拍好。"

"怎么成这样了……"一旁的樱田觉得蹊跷。

老六不在意樱田的态度,转而问道:"安东尼·博金斯怎么样了?"

"博金斯?"

"那个笠原。"

"噢,笠原啊,出院了。"

"出院了?"老六有些失态,抬高了音量,但很快恢复了平和,嘀咕道,"唉,我来你走,人生难得顺风顺水。"

之后院长有请。在院长室,院长说:"小山君,电影拍得很成功,你的功劳不小啊。"

"幸甚幸甚。"

"我计划继续拍电影。不过啊，虽然大家都盼着你回来，我个人还是希望你从导演的位置上下来。"

"这又是为什么？"

"你太容易投入了，一旦投入越陷越深。电影是别人的良药，对你就是毒药。现在你基本康复了，昨天起停药了吧？观察一周，没反复的话就能出院了。"

老六高兴不起来。

"院长，我觉得我还不能出院。那阵子我确实不正常，不知怎么就成了那样子。恐怕走向社会后又会发作。您让我拍电影吧，电影都拍不好不能算痊愈。您说是吧？"

在老六一番真心实意的请求之后，院长心中仍有隐忧，最终还是同意了。同意归同意，院长规定一周拍摄一次，而且必须在规定时间内拍摄。

如此，导演二度出山，最初礼数不断，让人心里发毛："不能那样，不妨这样……"樱田连说导演有毛病不正常不对劲，而拍摄工作本身跟以前相比着实顺利了不少，毕竟如今的演员们个个满怀豪情积极参与。摄像师关口最近手也不颤了，口齿清楚了许多。

好景不长，第二周导演又来劲了。到了第三周，他的口气横得一如往日，片场的气氛又不对劲了。

如今拍摄第一次农协会议的场景。演员们可以额外地抽烟，别人念台词的时候自己美上几口。几次排演后正式拍摄时，香烟已然消耗殆尽，有人挺身而出，从烟灰缸中夹出一根短短的烟屁股。

"白痴！现在是正式拍摄！停停停！小气巴拉的干吗？这

不乱套了吗？"

"行了老六，农协本来就这个样。"

"现在的农协富得很！合作社社长谈P·棒棒，都给我盯着他的嘴，认真听！"

"别较真了嘛———拖再拖，这电影得拍到猴年马月啊。"

"这哪儿行。只要我一天拿导演话筒，你们就得给我好好演。要是敷衍了事，一辈子都别想出院！"

当老六尽情施展着他的老一套时，遇到了意料之外的事情——摄像师关口出院了。他最近康复得很快，自己也有了重新走向社会的信心，提交出院申请并获得院长同意。关口害怕老六纠缠，趁老六不在出了院。

"怎么搞的！没摄像师还拍个屁电影。"老六亢奋地质问关口的医生，"太不负责了，不跟导演打声招呼就……你说，接下来怎么办？"

"咳，八毫米谁都会使。"

"我拍的是艺术电影！一般人拍不了，好不容易找着感觉……"

"这样吧，让小林来拍。他家开照相馆的。"

"照相馆能跟摄像师比吗？开玩笑了，区区照相馆能干啥？"

"小山君，你又激动了。再给你开点儿药吃吃吧。"

"不吃不吃！现在是最佳状态……你说照相馆能干啥？"

最终老六还是起用了开照相馆的小林。这个扁平脸的男子有个怪癖，老六说"预备——开拍"时，他必定说："来啦来啦！"

"什么'来啦来啦'？这不乱了套吗？"

"吆喝而已嘛。给自己提提神。"

"别添乱了。这儿是严肃的片场，为这部电影我呕心沥血好几个月，演员们也是。血汗的结晶啊，懂不懂？你倒好，'来啦来啦'，太放肆了吧！"

第二任摄像师跟导演一开始就结下梁子。祸不单行，精神高度亢奋的老六再次遭受了打击——别人也罢了，偏偏是扮演合作社社长的林要出院了。老六奔到林跟前，揪住了他。

"真的要出院了？"

"嗯。"

"不行，绝对不行。没了你电影没法拍，还差一口气就完了。电影没拍完不许出院。"

"可是……"林犯了难，把脸朝向一边。要是家住医院附近的话，他当真会每周来一次参加拍摄，问题是他家距离医院相当远。

老六和林软磨硬泡了好久，最终找到院长理论。

"小山君，你可不能本末倒置。拍电影的主要目的在于帮助患者康复，电影本身倒是其次。合作社社长你先找个人替上，再重拍一头一尾。"

"说得容易，跟一群傻帽待在一块儿，这一头一尾拍得我吐血。您不能让林出院！一出院他立马酗酒。"

"不会的。"

"我看人可准了。那些模范病人一到家就跟换了个人似的，喝得东倒西歪，还动手伤人呢。听说林当初就是因为这个才进来的吧，这可是医院的责任，出了事别找我。"

院长深感老六病情严重，开始让他服药，并中止了电影拍摄。可惜晚了一步，老六照旧扔药，在走廊里来回走动发表演讲，导致他又进封闭病房。

老六身陷囹圄，然而在开放病房里，《鼹鼠皮帽》拍摄如常——大量患者希望能够破除一切艰难险阻，将拍摄进行到底。谷山担任了临时导演，用生硬的手势比划着给新上任的合作社社长说戏。他们重拍了万爷和他孙子四处寻找鼹鼠的场景，真正的鼹鼠没逮到一只，多亏患者里头的知识分子带动全体患者开动脑筋，搞了一只假鼹鼠入戏，拍得煞有介事。老六不在，电影反倒顺利成型。

8

过了两个月，时近中秋。

医院门口聚集着许多病人和医院职工，今天，风云人物小山吕久次终于要出院了。院方吸取经验教训没让他再去碰电影，速速打发他出院。老六本人也理解院方的做法。

院长宽慰了他几句："你的一片赤诚大家心领了，多亏了你，大伙儿才能拍得这么欢，疗效很好，你就安心出院吧。"

谷山说："你放心吧，我们大伙儿一定把电影拍完。"

樱田一反常态黯然神伤，小声说道："保重，我也马上出院了，我本来就很正常……"

"谢谢，谢谢大家！"老六朝大家鞠了一躬，"我不会忘了大家的，以前我闹出了不少事，给大家添麻烦了。电影嘛，我再生来世永远铭记心中，等我有了钱，给医院捐一台高级摄像机，掏腰包让大伙儿去夏威夷拍外景！"

院长还是有点放心不下："你啊，活得轻松点儿。"

"院长先生，让封闭病房的人也来拍电影吧。疗效肯定好。"

"慢慢来，慢慢来。"

此时黑人青年跑来，哭丧着脸。一个粗犷却落魄的声音响起。

"导演你走了我……我怎么办啊——我想演电影嘛——"

"是你啊，我真想让你演电影……切肤之痛呀。要不我专门为你写个剧本，寄到医院里来。"

"说话算话，一言为定啊——"

"好了好了，放心吧。"

老六握住黑人青年那手背漆黑掌心粉红的手，晃荡了几下。黑人青年往那儿一站，周围的几名患者就站开了一点儿——黑人青年也是老病号了，然而在一部分患者心目中仍然是个恐怖的人物。

老六再次鞠躬行礼，双手提上行李回身走了。眼前是一段石子路，大院门口有县道，附近就有公交车。

老六在大院门口回过头，放下一个行李，挥了挥手，门内大家目送他。

"老六，保重啊！"

"再见了——"护士的声音。

"导演，别忘了我嘛——"

告别声此起彼伏。

老六昂首挺胸，挥手不止。一会儿送别的人喊累了，逐渐安静下来。老六最后用力地招了招手，提上行李走出门外。

日子一天天过去。

《鼹鼠皮帽》还是没完成。

谷山导演出了院，照相馆老板——摄像师小林出了院，三名跑龙套的精神分裂患者也顺利出了院。战后新药层出不穷，患者中康复者越来越多，同时陆续有新病人入院，病房总是满满的。

导演、演员更新换代，电影拍拍停停，想把电影一口气拍成的愿望显然不现实。平时不声不响的患者仅在拍电影时表现得格外光鲜，他们往脸上抹油彩，端起镜子照了又照。拍摄现场总是人山人海，放映时好评如潮——尽管影片只是些胡乱拼接起来的剪辑，前后根本不搭调。

拍摄电影的核心力量——患者中的知识分子也变动不小。如今轮到了属于元老级患者的樱田来当导演。

樱田得的是强迫官能症，不是什么大病，可能他自己也没意识到，这病却是他的救命稻草。多亏了这毛病，他无需面对社会上的风风雨雨，一直待在医院里过悠闲的生活。他有健康保险，住院不用自己掏银子。

樱田导演正在温室（装修得像极了农协）的一个角落里执导，有模有样地给演员们说戏。这个场面拍了数遍，对电影本无兴趣的樱田对执导方式也是了如指掌。

窗外飘着雪。

樱田叮嘱新任摄像师——一个爱摆弄摄像机的十八岁少年："现在是初夏，别把雪和火炉拍进来！"完了向全场宣布："注意了，正式拍摄马上开始！"说完撤回摄像师身旁："预备——"

举起的手停在半空中："一二三四五六……"他拼命数着，"……九、十——"大功告成，"开拍！"手潇洒地挥下。

摄像机开始吱吱运转。合作社社长是第三代了，此时对他说话的万爷仍旧是那个戴假胡子的中年男子，他在代替老斋田后一直饰演万爷一角，台词早已烂熟于胸，脱口而出毫无涩滞,比平时道早安还要流畅:"社长,这下俺可得委屈您倒立走三圈啦。瞅瞅,这就是一百只鼹鼠的皮,俺给做了个帽子戴戴……"

刁蛮爷爷

不知高寿几何，总之有了一大把年纪的时候，大名鼎鼎的刁蛮爷爷抛弃了他居住多年的小镇。为什么？因为他彻底厌弃了蛆虫般的人类，他们如蜉蝣，微风轻拂之下也要瑟瑟发抖，捉弄他们已经无趣——刁蛮爷爷面无表情，浓眉下的眼睛道出了出走的理由：老子要离开人类居住的无趣之地。

他把所有行李都塞进巨大的行囊，与妻子吻别。妻子，这个遭遇无数次刁难的受害者哇哇大哭，不只因为丈夫将要远离，还因为刁难爷爷的嘴里含着辣椒。他摸了摸儿子（被勒令穿着一件过大的衬衫，行动不便）的脑袋，同时狠狠踩住儿子的脚，其子顿时泣不成声。尽管丈夫、父亲刁蛮无比，但母子俩毕竟是人生人养，见丈夫、父亲将要远行，扯其袖抱其足，刁蛮爷爷面不改色，几脚踹开妻儿，义无反顾地迈开大步。

他要离开的消息早已传遍全镇。刁蛮爷爷恩泽镇子的每个角落：饥肠辘辘的乞丐眼巴巴地看着他一口一口吃掉热气腾腾的美食；孩子们受其胁迫，买来冰激凌供其享用；有人透过木墙板上的小孔窥视室内精彩的杂技演出，不料刁蛮爷爷现身并挡住小孔……镇子里的一切都深受其害，所有人都遭到了刁蛮爷爷的欺侮。尽管如此，听说万恶的老头将要离去，人们心中涌出惋惜，有人抽巾抹泪，有人擦着眼角，就连常常被刁蛮爷爷打扰、无法畅快捕鼠的流浪猫，也用前爪摩挲着须根（胡须已被刁蛮爷爷剪去），喵喵恸哭。

刁蛮爷爷顾自前行，毫无回望家乡之意，心中只是一味地厌恶和轻蔑："弱者们，自由欢笑，放声哭泣，喵喵乱叫吧！老子懒得理，我可受不了你们黏糊糊的情感！你们大可以施展那应遭唾弃的温柔善良，相拥落泪。眼泪无法汇成洪水淹没世界吧？不过是瞬间蒸发的毫无价值的东西！老子拥有超越所有价值的意志。你们连怀念我的资格都没有。我不发一语，我高耸双眉，我的眼球不关心苍蝇的运动。蔑视我的话，就朝我扔石头吧！当然啰，石头不可能砸到我；要为我颂德的话，就立个粗劣的石碑吧。石头反弹，正中你们的脑门；石像倾倒，把你们都压个稀扁。"

就这样，刁蛮爷爷从人们的视野中消失。村口，刁蛮爷爷取出早已准备好的告示牌，上面写着："前方鼠疫流行"。

他继续前行，到了连樵夫都未曾涉足的深山老林，硬是开辟出一条小路——有花朵绽放便用木棍打落，有蘑菇生长便一脚踩碎，有山泉流淌便撒尿玷污。

时下春意正浓，佳木萌绿，四处鸟声婉转。两只小鸟于枝头相依偎，看来是一对情侣。刁蛮爷爷取出气枪不紧不慢地瞄准其中一只射击，受害者如石头般坠下树，另一只发疯般地拍动翅膀发出哀啼。刁蛮爷爷平静地拾起猎物，炫耀般地扯掉羽毛，生火熏烤起来，悠悠然吃肉嚼骨，丝毫不理会另一只鸟的癫狂。

夜幕降临，灌木丛中蚊声鼎沸，刁蛮爷爷脱下上衣褪去衬衫侧躺在地，几乎全裸。众蚊喜不自禁前来吸血，结果纷纷折喙——刁蛮爷爷还穿着一件透明的塑胶薄膜衬衣。

翌日，刁蛮爷爷走到池塘边洗脸，发现不少蝌蚪排列在水岸边，挤挤挨挨，摇摆着短小的尾巴。多么安宁祥和的情景。凶光闪过刁蛮爷爷的眼睛，他寻遍山野，找到几只蝶螈，丢进池塘里。蝶螈随即大开杀戒。刁蛮爷爷心中舒坦，走开了。

大山被他那不合脚的大靴子肆意踩踏蹂躏，花儿在还是骨朵时便惨遭采摘，树木被他移植上山的藤蔓所缠绕捆绑，痛苦地喘息着，清泉成了泥汤，兔儿成了跛子，追逐兔子的狼也被拔去了獠牙。

日子一天一天过去，刁蛮爷爷郁郁寡欢起来，山野博大，他的刁蛮举动无法搅乱自然界的和谐。一天，刁蛮爷爷坐在树下，头顶传来小鸟亲昵的对啼声，其中的一只不正是伴侣惨遭毒手的那只雌鸟吗？一天，他去蝶螈屠杀蝌蚪的现场看了看，只见蝶螈肚子胀鼓鼓的，一动不动，身旁游动着比先前多得多的蝌蚪，许多已经长出后肢，成蛙之日指日可待。

刁蛮爷爷郁闷登山，远处山峰高耸，山巅残雪未消，风景美煞——正因为它美煞靓煞，刁蛮爷爷前些日子用炸药爆破，摧毁其中一座峰顶，但是现在，整体的和谐一丝不乱，它们看上去还是那么美，山岩生云，云召唤来钴蓝色的天空，岩雀轻舞。

刁蛮爷爷设下陷阱，捕获一只狼，饿上几天，捆绑住它的后肢，在它面前摆上一块兔肉，当然狼是够不着的。狼用前肢竭力扒土，唾液奔涌，但就是差那么一点儿。刁蛮爷爷欣赏片刻，随即转身回了帐篷。翌日清晨，刁蛮爷爷发现兔肉消失，连狼也不见了踪影。怕是狼群造访，把这儿能吃的都吃了吧。

地面上有斑斑血迹片片毛皮，大群小虫在上头集体用餐——不久这杀戮现场的惨状也将消失。

刁蛮爷爷的浓眉有生以来第一次抽动了，意志——这就是意志。他眼中迸出让人不寒而栗的光芒，回到帐篷中从行李的底层掏出一本书，封面上写着"超级脏弹的制造方法"。

自从那天开始，刁蛮爷爷全身心投入到脏弹的研制中去。对付强大的自然，只有这一招！制造脏弹并非易事，进展相当不顺利。但是，刁蛮爷爷拥有冰一般的冷峻、钻石般坚定的意志，他的眼里没有"不可能"三个字。脏弹徐徐成型，其形态比刁蛮爷爷的浓眉更骇人，弹体散发着比他那圆而丑的栗子眼更奸邪的光辉。

大山不介意刁蛮爷爷身居其中。春到雪消融，溪水冲垮河堤岸，地表的循环而已。小动物发出撕心裂肺的惨叫，但不会破坏森林的静寂。夏来繁花迎风摇曳，秋至诸叶泛红如火，冬临雪毯催眠万物。翌年春天来到，生命的迹象再次出现在地表，山林中充盈着欣欣向荣的生气。

就在这时，巨大恐怖的爆炸发生了，硕大的蘑菇云滚滚升起，雷鸣声夹杂其间，万物颤抖、轰鸣，发出灭亡前绝望的嘶喊，被气浪掀到空中的岩土如雨点般纷纷落下，饱含放射性物质的死灰紧随其后降临大地，顿时天昏地暗，不见日影。

数日后，山腰一处泥堆突然动起来，冒出刁蛮爷爷的脑袋。原来他藏在铅层覆盖的地下工事内。他缓慢爬到地面上，悠然四顾：世界一片死寂，地面开裂，岩石融化，树木化为焦炭，空气中弥漫着异臭，不见活物。很明显，一切都归于死灭。

刁蛮爷爷尽情地呼吸着充满放射性物质的空气：一两个月内，超级脏弹的放射性不会消散，老子我倒下也只是时间问题，不过，我的余生足够用来充分欣赏眼前这个"死"支配的世界。

他登上坍塌的山巅极目远眺，视野内已无绿色。满足感在心中膨胀，同时恶心想吐。放射线侵蚀着他的身体。刁蛮爷爷就地蹲下了，脸上浮现出平生第一次微笑，幼儿般可爱的笑脸。意识逐渐模糊，他笑得愈发灿烂了……怎么了，身旁有什么东西活动着？刁蛮爷爷抬起头，定睛看个分明。

眼前的人似曾相识——黑色西装，板刷一般的八字胡，前突的鼻子，闪着犀利目光的眼睛，极粗、极浓、极丑陋的眉毛。此人在自己身旁打下一根木桩。刁蛮爷爷逼出最后一点气力问道："你是谁？"嗓音嘶哑。

"我？"对方回答，"老子是刁蛮爷爷，来自外星。"

打完木桩，外星来的刁蛮爷爷毫无表情地跳入悬浮于身旁的暗色碟状物体，腾空而去。

刁蛮爷爷痛苦地喘息着，挪到木桩旁。木桩上隐约有字。当他费尽九牛二虎之力看明白字时，浑身上下剧烈战抖，呜咽声平生第一次从他喉咙里冒出，脸部扭曲变形。他哭了，很不甘心的样子。

木桩上写着："心地最善良者长眠于此"。

大河小说①

---

① 在日本特指描写几代人命运的大型长篇小说。

那是七八年前的事了。

作家南弥次郎心中猛然生出鸿鹄之志。

当时南弥次郎五十五岁，身边同辈的作家、评论家陆续到了驾鹤西归的年龄。

南弥次郎是个私小说①作家，作品一般短小，但作者精于清新自然的景物描写和精细入微的心理刻画，作品中弥漫着虚无主义人生观，拥有一批忠实读者，文学评论界和出版社也给予其作品以高度的评价。

每逢某某文学全集面世，必定有一卷或者半卷南弥次郎的作品编入其中。他能从中得到一笔不菲的收入，衣食无忧而无需玩命工作，成天坐在檐廊下晒太阳，一只手爱抚着宠物猫咪。其他时间弥次郎用来阅读，重新翻阅年轻时令他感动的世界名著……过着羡煞人的逍遥生活。

一天，南弥次郎阅读报纸时看到这样一条新闻，说的是一位与他年龄相仿的作家癌症不治，呜呼哀哉了。读完后他坐不住了，一把搡开卧在膝头的猫咪，低声自语道："是时候换个活法了……"

南弥次郎天性勤奋，再加上过去的生活过于闲散，他一下子立下大志——在有生之年写下传世巨著。此时他脑海中闪现的，尽是《战争与和平》《卡拉马佐夫兄弟》这类的鸿篇

---

① 以自己的生活体验为题材的一种小说，或指自叙体小说。

巨制。

"短篇小说我写了不少,这下弄个大部头,当是我的封笔之作。"

南弥次郎立刻构思,冥想七日七夜。七天后,出版社一位长期负责他作品出版工作的编辑登门造访。南弥次郎立刻向编辑表明意向:"我想写一部大长篇,一部震古烁今的大河小说!"

"哎?这可真是振奋人心呐!"编辑大喊道。

编辑一般不会说什么"开什么玩笑……"给作家泼冷水。而南弥次郎是名作家,编辑也是真心替他叫好。

"我是吃了秤砣死了心,其他工作一律不接,全心全意投入小说的创作中去。"南弥次郎意气风发斗志昂扬,"总之,我要写一部长得让人头昏的小说,以前我的描写大多简洁洗练,广受读者喜爱。这次不同了,我要学习巴尔扎克,描写一把椅子耗费十五张稿纸。"

"了不起,了不起!"

"我短篇小说的主人公动不动就翘辫子,这也难怪,从前得个肺病也能置人于死地,因此我的小说就像是兔子的尾巴——长不了。我年轻时信奉虚无主义,相信人世无常,现在年纪大了,思想也变了。我苦苦想了七天七夜,决心把第一代主人公塑造成长命百岁的人物。"

"您说第一代主人公,那么还有第二第三代咯?"

"差不多吧。登场人物会陆续增加,每个人都会精雕细琢。这样,身为短篇小说家的我也能写出长篇小说来。"

"了不起!对了,您打算在我们杂志上连载这部小说吗?"

"我可是认真的。"南弥次郎盯着编辑,"连载有截稿日期,我打算以后出版小说的单行本。日后你如果能协助我出书那是再好不过。每一册估计该有这么厚厚一本吧,一共五六册。"

"非常乐意效力。我立刻回出版社向社长和出版部长汇报。"

之后,南弥次郎便着手写作巨著,壮志凌云,头顶上的帽子和假发之类的统统被掀掉。他彻底回绝了其他工作,如小山般堆积的大量资料和稿纸造成书房木地板崩折塌陷,不得不请木匠来修理。

三年构思之后,南弥次郎终于起笔。

主人公名叫山根彦三郎,庆应四年①(当年九月改元,是为明治元年)改元后的第三天呱呱坠地于山阴的一个偏僻山村里。

几年后便是明治百年纪念,那时小说应该差不多完成了。在明治百年出版描写明治元年出生主人公的大河小说,多么有纪念意义!南弥次郎早就盘算好了。

主人公彦三郎经历了难产的折磨,好不容易才来到人世——南弥次郎在描写分娩情形时竭尽其所能,能多写一页就多写一页。从母亲开始阵痛到婴儿降生足足历时三天三夜,消耗稿纸四十八页,而接生婆在剪脐带时留了长长一段在小彦三郎的肚子上。

南弥次郎要写的,就是如脐带般延绵不绝的小说。

---

① 1868年。

为此主人公的肚脐眼儿突出得厉害,而小说却上了轨道,挟裹一发不可收的气势,漫天盖地铺展开去。

在出版社的会议上,没人相信南弥次郎的决心。

"南先生写大河小说?"出版部长冷冷地说道,"出五六本?"

"没错。南先生这次可是干劲十足!"

"他要是写出一本四百页左右的书,那就是奇迹了。"出版部长说。他以前吃过南弥次郎的苦头。话说十年前,出版社计划出版长篇小说丛书,南弥次郎也是受邀作家中的一分子。其他作家一出手就有四五百页,而南弥次郎只完成区区一百九十八页,根本不够数。出版社想尽办法:将铅字放大,扩大字符间距,并采用厚纸张。整个过程无异于打肿脸充胖子,终于拉扯成长篇小说的模样。

"真是的……"出版社文艺杂志的总编也发话了,"让他写五十页他就写三十页,一百页就写五十页,干脆给他定个两百页,他说这不是他的风格推辞不写。一句话,南先生不适合写长篇小说。"

"说得对,那个人动不动就扼杀主人公,这次来个活得长久点儿的,谁知突然自杀,要么就是饿死街头。那样怎么写得了大河小说。"

"南先生说了,要让主人公长命百岁。"编辑为南弥次郎撑腰,"南先生年轻时生活艰难,常常吃了上顿没下顿,作品中的人物当然天天想着自杀。现在不同了,有了文学全集的收入,南先生换了种活法。看现在的他,悠闲自在,很是惬意啊!"

"行了行了。"社长拍了板,"难得南先生舍得花大力气创作巨著,那就让他尽情创作吧。你,时常去看看南先生,回来汇报进展。叮嘱南先生给主人公多吃点好的,别生病,尽量娶个能生的老婆,多多生儿育女。万一主人公翘了辫子,子孙们也好把场面撑下去。好好盯着,明白了?"

南弥次郎孜孜不倦地进行着大长篇的创作,同时内心隐约不安:"我要写的是大大大大河小说,到时不会堕落成一般的长篇小说吧?"

于是南弥次郎尽其所能延长篇幅,描写母亲给彦三郎削苹果的场面时,他这样写道:"这水果圆圆的红红的,是如假包换货真价实的苹果,吃一口,确实不是梨子,的确不是桃子,更没有香蕉那柔软的口感,正是英文中被称作 apple 的水果……"

夜深人静,南弥次郎结束当日的工作,清点其稿纸数量来:"一张,两张,三张……"发现彦三郎十岁未满,稿纸页数已突破四百大关——他从来没写过这长的小说。

南弥次郎稍稍宽心,松了口气,有心情跟编辑拉拉家常了。当然咯,稿件是不给看的。他极度厌恶别人阅读他尚未完成的作品。

"进展如何?"

"嗯——彦三郎离开山村,去大阪的一家纸店当学徒。他波澜壮阔的一生由此拉开序幕。"

"现在几岁了?"

"小学刚毕业。"

"没有营养不良吧?"

"别担心。沙丁鱼干补充动物蛋白,豆腐补充植物蛋白。吃得挺好。"

"当学徒遭了不少罪吧?"

"受苦是当然的。我让他注意营养均衡。"

"这样才对,对了,千万别让他得上肺病,当时肺病能要人命。体格如何?"

"不胖不瘦不高不矮。"

"能不能让他早日长成小伙子呢?还是早熟好,让他跟女孩子黏在一起,早生贵子。"

"小学刚刚毕业呀。"

"世界上有八岁小孩就当父亲的先例。他的精子应该成熟得差不多了,请别让他自慰,不然白白浪费了宝贵的精子。"

"你怎么老说些莫名其妙的话。主人公自有他的命运,他们都有生命,不能全听我的摆布,不然写不成好小说。"

"您笔下的人物往往不能善终。"

"别担心,上文提到了彦三郎的手相,他有很长的生命线,我有预感,这部小说一定写得长。"

"您这么说我就安心了。"

——几个月过去了,南弥次郎持续着小说的创作。

编辑每个月都来拜访南弥次郎三四次。

"日本马上要出兵朝鲜,不久要对清国宣战,彦三郎决心出征。"

"出征?安全有保障吗?"

"我怎么知道。"

"对了,您上回提到了彦三郎瞧上了一个女人,现在关系发展得怎么样了？"

"很遗憾，彦三郎被人家给甩了，他对自己突出的肚脐抱有深深的自卑感。"

"可悲可叹。索性把那位女性给强奸了吧，播完种子再赴战场。如何？"

"晚了，彦三郎已经上船远航了。"

"关键是别上前线出生入死，要是马革裹尸，大河小说就算完了。"

"我也有危机感。但是人物命运不是我能够左右的啊。"

——又过了一段时间。

"欢呼吧！彦三郎胜利凯旋！"

"谢天谢地……"编辑潸然泪下，"趁早让他结婚吧，彦三郎已经是大龄青年了。"

"彦三郎的相貌不招人喜欢。前额突出，面颊清瘦，下巴突出，很少有女性愿意接近他。"

"那是因为彦三郎尽挑美女，眼光太高可不行，丑就丑点儿将就着过日子，关键骨盆要大……"

"还有，彦三郎工作的纸店铺濒临倒闭，最近工钱老是拖欠，没钱怎么结婚生子？"

"怎么办呢？要不让彦三郎上东京？"

"我正有此意。彦三郎似乎也有同感。要不就去东京的药铺当学徒？"

"英明！万一生了病也有药可用。"

"告诉你，明治时期药物的疗效相当不靠谱。"

"您总是危机感十足。现在该让彦三郎出人头地了，他脑子不是挺灵光的吗?"

"因为他是大河小说的主人公呀。你说得有道理,是该大展宏图了。"

——岁月流逝,南弥次郎笔耕不辍,彦三郎始终是光棍一条,为此编辑寄来数封邮件,发来数条电报,打来数通电话,外加与南弥次郎面对面严正交涉,小说主人公终于结束了单身生活。

"这样我就安心了。"

——十个月零十天后(小说中的时间)

"生了生了!是个男孩!彦三郎终于当爸爸了!"

"是嘛!千呼万唤始出来……"编辑涕泪满襟,"恭喜您!可喜可贺!值得普天同庆的大好事!"

"说实话,就好像我自己生了个儿子一样。这段时间,我的感情都投入到彦三郎身上了。"

"您说的是!我马上要求出版社安排庆生大礼。"

"这是虚构的小说啊。"

"庆生礼很快就能置办好。彦三郎的长子出生简直比您生子还要让我社全体员工高兴。对了,小宝贝别受风寒,一定要保暖,别让贼风吹着……"

谁知每年都有婴儿降生,三弥子——彦三郎之妻,骨盆宽大,确实有高产妇女的体征,彦三郎也是精力绝伦。

"又生了,又生了!这次是个女孩。"

"这都第四个了……话说回来,女孩能给小说增色不少呢。"

——次年(小说中的时间)。

"喂，你瞧！生了个双胞胎！"

"真能生呐。我放心了。"

"我也松了口气，万一彦三郎有个三长两短，接着写他子女的命运不就行了？大河小说成型指日可待！"

不久。

"又生了！"

"哎？他一个人能养活这么多孩子吗？"

"这个你就别担心了。彦三郎已经是药铺的大伙计，不久就要自立门户……真是个精明能干、活力非凡的男子。"

一段时间后，南弥次郎给出版社打电话。

"生了！一贯三百重①的男孩！"

社长听取编辑的报告，面有愠色："这已经是第八个了，庆生礼就免了吧，去跟南先生通通气，告诉他别生了。"

"可是社长，"编辑主张道，"马上要写到明治天皇驾崩，到时乃木大将②殉死，身为爱国者的彦三郎受了刺激，说不定也会自杀殉国，没准还要带几个孩子一同上路……要想留住活口，八个孩子不算多。给他一份庆生礼吧，鲷鱼之类的便宜货也行。"

然而山根彦三郎所拥有的强韧生命力远远超乎他们的想象。他一边听着别人说乃木大将殉死的消息，一边面不改色，咽下八碗米饭。

---

① 日本旧制重量单位，"一贯三百"合4.88公斤。
② 乃木希典（1849.12—1912.9），日本陆军上将，对外侵略扩张政策的忠实推行者。1912年明治天皇病逝后，同其妻剖腹殉节，成为日本武士道精神的典型代表。

一战爆发之前，彦三郎开办了一家小型的制药公司。明治时期中西药并存，彦三郎早就看好西药。一战后日本不再从德国进口西药，山根制药公司自主研发产品，趁着战后景气，彦三郎的事业如日中天，赚来了成捆的钞票。

有了钱，彦三郎便在外面养起了小老婆，共有三人。这三个女人都怀上了彦三郎的孩子，共计九人，加上正室所生的九人，彦三郎膝下子女共有十八人之多。

一直以来鼓励彦三郎多多生子的编辑这下着实不安起来。

"您要把庶出子女的命运也写进小说吗？"

"那还用说，他们是小老婆所生，天生带有阴影，能给大河小说添色不少。"

"要写十八个子女的人生，工作量真够大的。"

"那当然，我当初打算写的就是这种庞大繁杂的小说，现在小说的基础总算是夯实了。不过，日本要经历一场前所未有的大灾难，地震引起火灾，十八个子女说不定转眼间就成了焦土。"

"嗯……"

"为了防止此类悲剧发生，我特地把正室所生的老二送到帕劳群岛①，老五前不久启程前往南美，在那儿他们将开始新的人生。有了这手准备，就算日本沉没，小说也能继续下去。"

"有道理，可是这么复杂，您不会把自己给弄糊涂了吧？"

"这你就不懂了。人生，这个世界，相当复杂，仿佛经线纬线纵横交织。而我，要在小说中再现这种极其复杂的

---

① 美属太平洋群岛。

关系。"

"期待着您大作的面世,我想请教一下,作为小说的一个分水岭,彦三郎什么时候去世呢?"

"这我就无从知晓了,此人至今没有生过大病,除了有点儿鼻炎、粉刺、痔疮外,其余一切正常,身体太棒了,恐怕一时半会儿死不了。"

"不如让他在关东大地震中结束轰轰烈烈的一生?"编辑提议道,心中甚是不安。

"有这种可能。不过那要等地震发生后才知道。"

"多久后发生地震?"

"按目前的进度,半年后就是大正十二年九月一日①。"

关东大地震终于发生了。地面剧烈震动,到处有火灾,彦三郎身处险境,一大块瓦砾不偏不倚正中其头顶。谁知彦三郎头比石坚,瓦砾粉碎而他完好无损。

"知道吗?没事,彦三郎没事!"南弥次郎摩挲着常年伏案写作磨出的笔茧子。

"意料之中。"编辑回应,"一家子没一个受伤?"

"所有人都平安无事!二老婆的一个孩子膝盖蹭破了点儿皮……"

"这一家子可真够命大。"编辑挖苦道。

之后,编辑来访的次数逐渐减少。因为出版社推出美术全集,他被调到出版部担任领导工作。而且,他当初的担心也被证明是杞人忧天,彦三郎勤于生子,长此以往,这部小

---

① 关东大地震发生日期,即1923年9月1日。

说将超过预定篇幅，成为一部超级长篇小说。

现在拜访南府的是出版社的新人，回出版社后他这样报告道："南先生气势如虹，为了写好老五去南美后的生活，特地远赴南美采风三个月。"

"他有交通工具恐惧症，从来不坐火车，更别提飞机了……"总编若有所思。

"现在的南先生已经化身为工作狂人，虽然没能亲眼目睹原稿，但我相信应该有了相当数量的积累。"

"原稿很重要，千万要保存好。万一遭遇火灾付之一炬，南先生几年的努力可就泡汤了。去跟他说说，原稿由出版社负责保管如何。"

编辑向南弥次郎传达了社长的想法，回社后说："南先生已经考虑到火灾危险，租了银行保险柜保存原稿。对了，他租了三个最大号的。"

"这么大排场，到底有多少原稿？"

"南先生对此三缄其口，看样子不下五千页。"

"五千页！"总编吃惊，"故事发展到了什么年代？"

"现在是昭和五年①。各国签定了《伦敦裁军条约》。"

"他打算写到什么年代？"

"当然是战后二十年，构思写到明治百年。"

"还有三十五年！人物还得增加吧？比我想象的长得多了。"

出版部长听完报告，抱起胳膊："现在有五千页原稿，以

---

① 1930 年。

一册书一千页来计算就是五册书。大型长篇小说的篇幅就此封顶。要是一二十册读者肯定不买账，哪个有精力通读全书。再说了，南先生擅长的不是大众小说，是纯文学。不赶紧劝他尽早收手，将来更难收场。"

"南先生已经着了魔，发誓要写一部有史以来最长的小说。"

"主人公彦三郎身体好吗？"

"昭和初期经济不景气，比较消沉，不过好像有了新情人。"

"不能再添子女了！命令他把这个女人写成石女！快去！"

"长子已经结婚，妻子有了身孕……"

"什么！都来孙子啦？这下麻烦了，肯定是一眨眼工夫孙辈成群，彦三郎有十八个儿女！"

出版社中议论纷纷，南弥次郎顾自埋头创作。彦三郎的子女陆续成家生儿育女，加上山根家族是高产血统，彦三郎的孙辈成堆出现。光是给人物起名就是个大工程，南弥次郎画出山根家谱图贴在书桌前的墙壁上，每有新人降生便添上姓名。接下来的工作，就是精雕细琢每个孙辈的人物形象……

新人编辑正传达社长命令，南弥次郎却心不在焉："你看，新弥——你不认识吧？就是老四的老二，刚上幼儿园，跟小朋友打架，一下打趴五个对手。厉害吧？"

"厉害。出版部长的意思是……"

"还有，老五不是去了巴西吗？他跟当地的女人结了婚，那儿的女性真是有激情，都怀孕九个月了，每天晚上还要……"

年轻的编辑没心思开口了,沮丧地打道回府。

日子一天天过去,小说中的日子也是一天天过去,长篇小说无节制地膨胀着。

美术全集发行完毕,原来的编辑重新负责起南弥次郎的长篇小说。他目瞪口呆。

山根彦三郎的家谱图上,有子女二十一人(新情人生了三个孩子),孙辈八十人,人数与日俱增。南弥次郎精心描绘他们每一个人。

"没人死了吗?"编辑问道。

"死不了,个个健康。"

"南先生,这样下去可不行。人物实在太多了,到时候恐怕难以收拾,请您考虑一下清理门户吧。"

"清理门户?"

"让他们去死不就行了?肺病、事故、自杀都行。那不是您最擅长的手法吗?"

"哎呀——"南弥次郎发出感叹,"写小说我从来没有如此投入过,对每一个人我都有亲情,比真正的亲人还要亲。彦三郎的每一个孙子都是我自己的孙子。杀了他们,我怎么下得了手?"

"唉……唉……"编辑连声叹息,"看样子,您是一个都舍不得杀呀,但是您想想,杀了一个,不还有百八十个活着吗?要是以前,一场霍乱什么的,一家十余口死得干干净净的。"

说到这儿,编辑击膝:"南先生,马上要打仗了吧?"

"没错,神风号战斗机刚刚创造了世界飞行记录,不久卢沟桥事变爆发。"

"接着太平洋战争爆发，山根一家的男人们得一个劲儿地出征了吧？"

"哪有那么多人去打仗？"

"那是为了国家，当时小至学徒、老到花甲老人都去参军，山根家不去上一拨，太说不过去了。"

"是要有几个人去打仗，历史不容篡改。"

"尽量把他们派往前线，瓜达尔卡纳尔、新几内亚岛、菲律宾。有魄力吧？帕劳群岛的一家子在战火中死于非命。"

"别信口雌黄，想着就揪心。再说了，旅居帕劳群岛的老二一家早就回日本了。"

历史车轮依旧向前，日本一头扎进世界大战，彦三郎的几个儿子也上了战场。

南弥次郎尽其所能，把他们安置在后方部队，无奈天命不可违，远赴中国的一个儿子所在的部队全军覆没……老天有眼，该儿在此之前几天外出侦察时身负重伤，部队遭围歼之前他被送至后方。吉人天相的他在野战医院遇见妙手回春的神奇军医，终于保住性命。

日本义无反顾地走向战败。

五艘运输舰朝菲律宾进发，被敌方潜艇悉数击沉。彦三郎三号情妇的三子跳舰逃生。该段历史记录由编辑提供，提交南弥次郎之前，他事先确认了此次战斗中无一人生还。不知是金刚不坏之身还是菩萨佛祖特别眷顾，这条汉子在海水中浸泡了两天两夜之后，被日本驱逐舰打捞上来。

"南先生，您这样做不妥。这不是歪曲历史事实吗？"编辑义正辞严。

"谁篡改历史了?《丸》杂志中有记载,这次海难共有三人获救,当时是机密,现在公开了。彦三郎的儿子说不定就是这三分之一呢。"

编辑不由得咬起嘴唇,而后轻描淡写地说道:"彦三郎一家住在深川吧?"

"没错。一起住在大宅子里。"

"不久 B29 轰炸东京了吧?"

"嗯,紧接着塞班岛失守。"

"三月十日晚深川遭遇大空袭,生灵涂炭,活下来的人少之又少。这一点请务必好好利用。"

"什么意思?要我把彦三郎烧死吗?"

"不……这就看上天的旨意了。就算彦三郎福大命大苟且存活下来,家中总有几个人丧命吧?毕竟当时的空袭规模……要不我先去查点资料。"

结果出乎编辑意料之外。在他苦苦等待的昭和二十年三月十日大空袭到来之前,彦三郎追随其卓越的预感,扶老携幼全家逃到甲府。幸亏甲府不久也将遭袭,编辑因此稍稍宽心。谁知就在甲府空袭前的几个小时,彦三郎一家突然动身前往长野,堪称奇兵。

一番波折之后,"二战"终于落幕。神啊佛啊,经历如此一场旷日持久惨绝人寰的战争,山根一家竟无一人死于非命。有人在战场上遇险,但战后光荣复员;身居内地的孩子们跳跃腾挪躲避燃烧弹,顶多擦破点儿皮。

"奇怪了,简直不可思议。"编辑抗议道,"如此大规模的战争，一大家子人，我就不信没人见阎王！"

"这你就不对了。不是我刻意这样写，我发誓，我只是遵循人物的命运写作。全家平安无事只能认为山根家族有强有力的守护神。"

"守护神？依我看，这是您虚无主义人生观淡薄的表现。您变得重感情了，我三番五次提醒您，让南美的孙女在'胜利团'①的暴行中死去，但是您始终下不了手，转而杀死孙女饲养的鹦鹉。听夫人说您在鹦鹉死后号啕大哭一小时之久……深厚的人情味要不得！"

"也许你是对的。"南弥次郎黯然神伤，"人呐，年纪一大就容易伤感。"

"请拿出勇气，打倒山根家族守护神吧！"

"怎么打？"

"其实啊，山根彦三郎一开始就不是个好东西，生命力太强，运气太好了。现在他几岁了？"

"……八十上下吧。"

"您看，上世纪的老古董还活着，难怪后辈没人翘辫子。得先拿他开刀，他一死，身后自然倒下一大片。"

南弥次郎深深叹息："彦三郎是老了，但心脏好血压低，动脉没有硬化，已经这么写上了。"

"让他得上急性肺炎。"编辑正色道，"老人得肺炎那可是绝症，战后缺医少药，这下他死定了。"

南弥次郎忍痛提笔。昭和二十一年冬，彦三郎罹患肺炎，

---

① 不相信"二战"日本战败的南美日本移民。

日趋恶化，医生摇头，病危电报发出，山根家族齐聚，准备送终。

——数日后编辑上门。南弥次郎喜形于色。

"彦三郎得救了！"

"得救了？不可能！"

"青霉素！占领军那儿领来的。"

"可您说他都快咽气了……"

"咳，丘吉尔得了肺炎还不是好了吗？彦三郎没有理由救不活。"

"您爱怎么写怎么写吧！"编辑愤然离席。

尽管战后的日本乱成一团，但其复兴有目共睹。战争中失去工厂大受打击的山根制药走向复兴，相继开发出青霉素、链霉素、新型磺胺制剂，成为业界三大巨头之一。

山根家族中的许多人都从事制药业，也有经营其他产业的，还有人成为学者、记者，皆属成功人士，始终没有出现自杀身亡或饿毙街头者。

彦三郎的曾孙辈陆续面世，首个曾孙诞生后，百名孙辈争先恐后生产曾孙辈，当时战后粮食紧张时期已经过去，曾孙（女）们个个无比活泼可爱，消费海量人乳牛奶，养得膘肥体壮。

曾孙们蜂拥而至，南弥次郎工作量猛增，光起名就够他忙一阵子的。最终只得借助电话号码簿，看到一个名字就往曾孙（女）头上安，写在家谱图上。

如今家谱图已经演变成一张铺满三十平米房间的大纸，不知有完没完。

"每个人物都那么可爱。"南弥次郎吐苦水,"我自己都糊涂了,哪个是哪个,昌夫是谁的儿子还是谁的孙子……查查家谱,没个二十分钟不行。"

"您看,我早就说过趁打仗多杀几个的。"

"可现在仗打完了……到时候出书,家谱图得单列一册。"

"小说太不真实,能不能出版还是个未知数。再说,还不知道您什么时候写完呢。"编辑受够了。

"管不了那么多,反正写一部超长的长篇小说是我一直以来的心愿。"

编辑强忍愤怒,给作家出主意——让彦三郎患上癌症。于是彦三郎罹患胃癌,幸亏他时常短期住院体检,发现了萌芽阶段的胃癌,手术治疗后痊愈。

"年纪一大把,经得起手术折腾吗?"

"你有所不知,医学杂志上刊登过八十岁以上老人接受肿瘤切除手术并且成功的事例,没什么不自然的。"

编辑又安排彦三郎遭遇交通事故——时速七十公里的正面冲撞,绝无生还可能。

彦三郎还是精神矍铄地活着。

"世上哪有这种事!"

"确实是正面相撞,但当天恰好下大雨,司机紧急刹车。在湿滑路面高速行驶的车辆紧急刹车时,轮胎自然打滑,车身旋转一周,对方车辆也是如此,结果只撞了侧面。"

——彦三郎活得好好的。岁月在流逝,南大作家继续着他的创作。

终于,彦三郎活到了南弥次郎生活的年代。

彦三郎已逾百岁，鹤发童颜，腿脚硬朗，子女计二十五人，孙辈一百二十五人，曾孙辈一百八十人，曾曾孙辈六人，无一人身故。

"不行不行。胡编乱造！"编辑光火了，大声喊叫道，"根本不现实！"

"怎么会呢？"南弥次郎断言道，"最近九月二十号塔斯社报道'世界最长寿者辞世'，名叫希拉里·米斯里莫夫的老头逝世，享年一百六十岁，夫人八十八岁，膝下有子二十三人，此外有孙辈、曾孙辈共计两百人，一百三十岁高龄上还生育了自己的孩子。"

"真的吗？"

"给你看剪报。其实他没死！三天后报纸声称报道失实。老人说，有人说我死了，纯属捏造。他们发报道的时候我正在果园里修枝整叶摘苹果呢。"

"哦——"

"所以呀，彦三郎身体硬朗也没什么好奇怪的。我总觉得他有再添一子的打算，如今吞服九龙虫①养精蓄锐。"

"可喜可贺。小说怎么办呢？"

"唉——"南弥次郎盘起胳膊无精打采，"我心里也没底。"

"有没有办法让彦三郎破产呢？"

"这个嘛……彦三郎生命力旺盛，周身尽是精英，山根制药继续发展壮大，还有最好的医生相伴左右，无论如何也死不了的。"

---

① 一种甲虫，入药，用以壮阳。

"彦三郎不死,小说也没个头。"

"目前看来是这样,这部小说不是成功人士的传记,需要悲剧性的结尾。何况彦三郎归西后,还有三百余人需要描写刻画……"

"照您的意思,这小说没个完了?"

"没完没了,最后一招,发动世界大核战,亲爱的人物们必死无疑,顺便灭绝了人类……我如何下得了手啊。"

两人各自长叹。

教训:作家,尤其是计划创作大河小说的作家,务必心狠手辣,杀人不眨眼。

译后记

这七部短篇小说选自一九七六年版的《北杜夫全集》。该全集共十五册，将北杜夫文学分成纯文学、童话及随笔"曼波鱼系列"三个门类。其中《百蛾谱》《牧神的午后》《狂诗》《为助叔叔》《鼹鼠》被归为纯文学，《刁蛮爷爷》《大河小说》被归为童话。《百蛾谱》（昆虫、幼年时期主题）、《牧神的午后》（自我认识主题）、《狂诗》（疯人主题）是北杜夫的初期作品，对于理解北杜夫文学来说尤为重要。

十年前读研时，大西老师布置的一次作业，将我领进北杜夫的文学世界。他给出童话故事的开头，让我们续写，稚气未脱的我（现在还是）尽情发挥了一把，创作的快感记忆犹新。事后，我借来原版书阅读，温暖的想象、清冽的诗情、不可思议的幽默感、纯净无垢的少年世界，在我心里激发出莫大的共鸣。这部童话，就是北杜夫的"水手库布库布的冒险"，也是我翻译的第一部北杜夫作品。

后来，同学们各自确定了研究方向。我自然而然地选择了北杜夫和他的文学。随着研读的深入，我不自觉地入迷了。北杜夫的文学世界和我的世界，从共鸣到交叠。而我大脑里的北杜夫形象，也投射在我的一举一动上。回忆起来挺有趣的，我曾经在梦里和年轻的北杜夫用日语交谈。在跟教授交流时，我说过这样一句话："我被北杜夫附体了。"这，大概就是真爱吧。

表达爱的方式，有海誓山盟，有五克拉钻戒，有坚定的相依相伴。而我对北杜夫文学的感情，是用翻译来表达的。将捕捉到的"念想"，用自己的母语表达出来——依我的个性，仿佛只有通过这种方式，才能真正地占有他的文学世界。渐渐地，翻译成为生活的一部分，北杜夫文学也成为老伴，拿起笔，就像拿起金箍棒，无比踏实安定。

在国内，北杜夫的译介极少，这本书就像一个漂流瓶，我期待能够借此结识和我一样深爱北杜夫文学的人。要了解北杜夫文学的全貌，七部短篇显然太少，但愿这本书是一个开始，我希望有机会投出第二个漂流瓶，继续跟各位分享北杜夫的文学世界。

衷心感谢爱我的人、我爱的人以及为本书出版付出辛勤劳动的人们。祝各位健康幸福。

曹艺
二〇一三年十二月